नेहा नरूका

नेहा नरूका का जन्म 7 दिसम्बर, 1987 को उदोतगढ़, भिंड, मध्य प्रदेश में हुआ। उन्होंने हिन्दी साहित्य में स्नातकोत्तर और 'हिन्दी की महिला कथाकारों की आत्मकथाओं का अनुशीलन' विषय पर पी-एच.डी. की उपाधि प्राप्त की है।

'सातवाँ युवा द्वादश' में उनकी कविताएँ संग्रहीत हैं एवं 'हंस', 'आजकल', 'वागर्थ' आदि पत्रिकाओं में कविताओं का प्रकाशन हुआ है।

फिलहाल शासकीय श्रीमन्त महाराज माधवराव सिन्धिया महाविद्यालय, कोलारस में असिस्टेंट प्रोफेसर (हिन्दी) पद पर कार्यरत हैं।

ई-मेल : nehadora72@gmail.com

फटी हथेलियाँ

नेहा नरूका

राजकमल पेपरबैक्स

राजकमल पेपरबैक्स में
पहला संस्करण : 2023

राजकमल पेपरबैक्स : उत्कृष्ट साहित्य के जनसुलभ संस्करण

राजकमल प्रकाशन प्रा. लि.
1-बी, नेताजी सुभाष मार्ग, दरियागंज
नई दिल्ली-110 002
द्वारा प्रकाशित

शाखाएँ : अशोक राजपथ, साइंस कॉलेज के सामने, पटना-800 006
पहली मंजिल, दरबारी बिल्डिंग, महात्मा गांधी मार्ग, प्रयागराज-211 001
1, अनमोल सोराबजी संतुक लेन, धोबी तलाव, मरीन लाइंस, मुम्बई-400 002
वेबसाइट : www.rajkamalprakashan.com
ई-मेल : info@rajkamalprakashan.com

विकास कम्प्यूटर एंड प्रिंटर्स
ट्रॉनिका सिटी-201 102
द्वारा मुद्रित

मूल्य : ₹199

FATI HATHELIYAN
Poetry by Neha Naruka

ISBN : 978-81-19835-65-2

अपनी बहनों और सहेलियों के लिए
अगर वे नहीं होतीं तो यह किताब नहीं होती

क्रम

अम्मा की रोटी

अम्मा लगी रहती है
रोटी की जुगत में
सुबह चूल्हा...
शाम चूल्हा...

अम्मा के मुँह पर रहते हैं
बस दो शब्द
'रोटी और चूल्हा'

चिमटा...
आटा...
राख की पहेलियों में घिरी अम्मा
लकड़ी सुलगाए रहती है

धुएँ में स्नान करती
अम्मा नहीं जानती
प्रदूषण और पर्यावरण की बातें
अम्मा तो पढ़ती है सिर्फ़
रोटी...रोटी...रोटी

खुरदुरे नमक के टुकड़े
सिल पर दरदराकर
गेहूँ की देह में घुसी अम्मा
खा लेती है

कभी चार रोटी
कभी एक
और कई बार तो
शून्य रोटी।

यहाँ चुम्बन लेना जुर्म है

मैं आज शाम को बिलकुल फ्री हूँ, आओगी मिलने?

मैंने चाची से मिन्नतें कीं
वो जानती थीं, तुम मेरे होने वाले शौहर हो
तो मान गईं

मैंने पर्स उठाया, ठीक-ठाक कपड़े पहने, ऑटो बुक किया और पार्क के गेट पर पहुँच गई
तुम गेट पर ही खड़े थे...

तुम्हारी बगल में एक मूँगफली बेचने वाला दस-बारह साल का लड़का खड़ा था
जो तुमसे बार-बार मूँगफली ख़रीदने का निवेदन कर रहा था
मेरे कहने पर तुमने 10 रुपये की मूँगफली तुलवा ली

हम पार्क मैं बैठे रहे
बैठे-बैठे मूँगफली छीलते रहे

मैं मुस्कराती रही, तुम हँसते रहे
मैं क़िस्से सुनाती रही, तुम क़िस्से सुनते रहे
फिर अचानक से तुमने मुझे चूम लिया
मैं अँगुली से मिट्टी खोदने लगी...

फिर न जाने किस उम्मीद में, मैं उठकर ओट में आ गई
फिर हम दोनों एक-दूसरे को आलिंगन में भरकर चूमने लगे

तभी एक लड़का आया
उसके चेहरे पर घृणा का भाव था
'ये सब यहाँ नहीं चलेगा'

तुम सकपका गए
मैं डर गई...
तुमने लड़के से कहा, 'सॉरी'

पाँच मिनट पहले मुझे पता चला था 'चुम्बन किसे कहते हैं'
पाँच मिनट बाद मुझे पता चला 'चुम्बन लेना जुर्म है'

मैं मुंडी नीचे झुकाए पार्क से बाहर आ गई...
मेरे बदन पर कपड़े थे पर यूँ लगा जैसे मैं बिलकुल नंगी हूँ

मेरे कानों में तुम्हारी कोई आवाज़ नहीं आई...
महीनों तक कैसेट की तरह कानों में बस यही बजता रहा
ये सब यहाँ नहीं चलेगा...

तुम फ़ोन पर फ़ोन करते रहे
मैं फ़ोन काटती रही...

तुमने मैसेज किया
'सॉरी! हम जल्दी शादी कर लेंगे'

फिर हमारी शादी हो गई
हमारे हिस्से में एक बिस्तर और एक छोटा-सा कमरा आ गया

काम से थके-ऊबे हम कमरे में आते तो मैं रोशनी बुझा देती
आहिस्ता-आहिस्ता तुम्हारे होंठ मेरे होंठों की तरफ़ बढ़ते
तभी वह लड़का मेरे कानों में ज़ोर से चीख़ता—
ये सब यहाँ नहीं चलेगा।

बलात्कारियों की सूची

मैंने अधेड़ देहों में वे आँखें देखीं
जो वासना में तैर रही होती थीं
इन देहों के मालिकों ने इन्हीं आँखों से माताओं को देखा
बहनों को देखा
प्रेमिकाओं को देखा
देखा नन्हीं बच्चियों को भी...

वे बच्चियाँ जो माँ के दूध का स्वाद तक न भूली थीं
उन बच्चियों को ये एकान्त में ले गए
और अपना 'उत्तेज़ित लिंग' सहलाने को कहा
इन्होंने उनकी निष्क्रिय छातियों को भी छुआ
वे बस इतना ही समझीं यह कोई डरावना खेल है
इंजेक्शन और कड़वी दवाई से भी ज़्यादा पीड़ा पहुँचाने वाला खेल!

इनके चेहरे, कपड़े और परफ़्यूम की महक से लगता
ये बड़े सज्जन, सीधे और दयालु हैं
पर ये थे शातिर, बेरहम और घिनौने
इनकी छुअन ऐसी थी कि जिन जगहों को इन्होंने एक बार छू लिया
वे आज तक 'बास' मार रही हैं
इनकी पत्नियाँ रोज़ उसी बास में साँस लेती हैं, रोटी खाती हैं और नींद भी पूरी करती हैं

इन्होंने अपने घर की औरतों के हिस्से का भोजन ख़ुद डकार लिया
फिर भी रहे उम्र-भर भूखे

उम्र-भर धुले, चमकदार और प्रेस किए कपड़े पहने
पर रहे उनमें नंगे
ये बचपन खा गए न जाने कितने...
फिर भी इनका नाम दर्ज रहा मनुष्यों की सूची में।

जैसे मैं शनि ग्रह की मूल निवासी हूँ

मेरा वश चले तो मैं कैलेंडर में से वो छुट्टियाँ काट दूँ
जो त्यौहारों के नाम पर हर साल मिलती हैं
इन छुट्टियों में बम फोड़े जाने के बाद की-सी जलन है

इन छुट्टियों में लगता है जैसे मैं शनि ग्रह की मूल निवासी हूँ
चन्द दिनों के प्रवास पर पृथ्वी पर भेजी गई हूँ

इन छुट्टियों में सुनाई जाती हैं मुझे संस्कृत में लिखी जाली टीकाएँ
भेंट की जाती हैं लुगदी काग़ज़ पर छापी गईं व्रत-कथाएँ
जिनमें समृद्ध और सुखी जीवन के नुस्ख़े बहुत सस्ती दर पर बेचे जाने के दावे होते हैं

इन छुट्टियों में होता है कढ़ाई में गर्म तेल
गर्म तेल में कचौरियाँ और उन कचौरियों में आलू की जगह मैं भरी होती हूँ
मैं ही तली जाती हूँ हर साल इन छुट्टियों में आटे की लोई में छिपाकर
मुझे ही खाया जाता है इन छुट्टियों में खीर के साथ सबसे स्वादिष्ट बताकर

इन छुट्टियों में गंगाजल में साबुन घोलकर घर के बाहर एक बाल्टी रखी जाती है
इस बाल्टी पर निर्देश होते हैं—कोई घर के अन्दर आए तो एक बार बाल्टी में डूबकर
सबसे पहले मैं ही डूबती हूँ ठंड से ठिठुरती उस बाल्टी में
मेरे ही रोएँ सबसे पहले खड़े होते हैं सावधान वाली मुद्रा में

इन छुट्टियों में नक़ली रंग पोतकर, नक़ली ख़ुशबू झिड़ककर स्थिर कर दिया जाता है एक कमरे में मुझे
खड़े-खड़े मेरे पैर दर्द करने लगते हैं, लगता है जैसे मैं कोई बहुत पुराना मगर क़ीमती सामान हूँ
जिसे कबाड़ी वाले को देने का विचार हर बार स्थगित कर दिया जाता है।

आख़िरी रोटी

सुनती आ रही हूँ :
उसकी और मेरी माँएँ एक ही कुएँ में डूबकर मरी हैं
कटोरा-भर चाय और बासी रोटी का नाश्ता मैंने भी किया था
इसकी वजह अभाव नहीं, लोभ थी
स्टील के टिफ़िन में होती थीं कई नरम रोटियाँ
पर उसकी आख़िरी रोटी जो भाप से तर हो जाती,
मेरी ही थाली में सबसे नीचे रखी जाती
चाहे मैं सबसे पहले खाऊँ
मैं हमेशा तीन रोटी खाती थी
चौथी रोटी कब माँगी याद नहीं
ऐसा नहीं कि मिल नहीं सकती थी
घर की हवाओं में क्या मिला था
कुछ कहा नहीं जा सकता
पर हक़ीक़त यही थी कि मैं तीन रोटी खाती थी
मेरा घर रईसों और इज़्ज़तदारों में गिना जाता था
मेरे लिए रईस और इज़्ज़तदार दूल्हा ढूँढ़ा जाता था
और मैं थी कि रहती—
स्वादिष्ट सब्ज़ी और घी चुपड़ी रोटी के जुगाड़ में
उसकी कहानी मुझसे अलग थी—
उसके पास रोटी के नाम पर कुछ जूठे टुकड़े होते
जो मेरे जैसे घरों से बासी होने पर हर शाम उसे मिलते
उसके पास भूख का तांडव था
उसके घर में तीनों समय अकाल पड़ता था
भुखमरी की घटनाएँ होती थीं
मेरे पास अच्छे कपड़े नहीं थे

उसके पास कपड़े ही नहीं थे
कपड़ों के नाम पर थी कुछ उतरन
जो मेरे जैसे घरों से हर त्यौहार की सुबह उसे मिलती
मैं अपने दाँत सफ़ेद मंजन से माँजती,
मेरे पास ब्रश और पेस्ट नहीं था
वह अपने दाँत कोयले या राख से माँजती
उसके पास मंजन ही नहीं था
उसके दाँत पीले थे और हल्के भी
इसलिए शायद मेरा मांस सफ़ेद था और उसका काला
वह जाती जंगल, खेत, सड़क...
रोटी के जुगाड़ में
मुझे बाहर जाने की अनुमति नहीं थी
मेरे पुरखों को डर था
कि कहीं बाहर जाते ही मेरे सफ़ेद मांस पर दाग़ न पड़ जाए
मेरे पुरखों का मानना था कि सफ़ेद चीज़ें जल्दी गन्दी होती हैं
इसलिए मैं भीतर ही रखी जाती
जल्द ही मेरा सफ़ेद मांस पीला पड़ गया
मेरे पीलेपन को मेरा गोरापन कहा जाता
मेरी गिनती सुन्दर लड़कियों में की जाती
और उसकी बदसूरत लड़कियों में
मेरे घर के नैतिक पुरुष जंगल, खेत, सड़क...पर जाकर उसका बलात्कार करते
और रसोई, स्नानघर, छत...पर मेरा
उसका घर हर साल बाढ़ में बह जाता
और मेरा घर उसी जगह पर पहाड़ की तरह डटा रहता
मेरे घर के किवाड़ भारी थे, पत्थर मिला था उनमें
और उसके घर के हल्के, इतने हल्के कि हवा से ही टूट जाते
न मैं उसके घर जा सकती थी, न वह मेरे घर आ सकती थी
वह सोचती थी मैं ख़ुश हूँ
और मैं सोचती थी कि वह तो मुझसे भी ज़्यादा दुखी है
बस एक ही समानता थी
कि हम अपने-अपने घरों की आख़िरी रोटी खाते थे
अगर हमारी माँएँ जीवित होतीं तो ये आख़िरी रोटियाँ वे खा रही होतीं।

सोलह खसम

सोलह सोमवार की तरह ही होते हैं सोलह खसम
एक दिन इनका भी उद्यापन करना होता है
आज वही आख़िरी और ख़ास दिन है
इस विशेष दिन आप सभी लोगों को निमंत्रण है
आइए आकर पहले प्रसाद ग्रहण कीजिए
फिर कथा सुनाऊँगी
पहले पेट पूजा फिर काम दूजा

तो सुनो,
मेरे रिश्तेदार मुँह मटकाकर कहा करते थे :
'अरे उनके, उनके तो सोलह खसम होंगे...'
मुझसे पहले मेरी सहेलियों को मालूम हो गया था कि मेरा करैक्टर सर्टिफिकेट
फलाँ-फलाँ तारीख़ को पूरे नगर में बँटा है

मेरे पड़ोसियों के लड़के घर से बाहर पढ़ने जाते थे
और मैं जाती थी जूते वाले को, ट्रैक्टर वाले को, गहने वाले को, टिक्की
वाले को अपना अगला मोहरा बनाने
मुझे शतरंज का प्रसिद्ध खिलाड़ी जो बनना था

मैं घर से बाहर सोलह खसम करने के लिए एक बार निकल गई, तो बस
निकल ही गई, लौटी तो उन खसमों के आदर्शों के साथ

मेरे साथ के लड़के रात-रात भर पढ़ते थे, और मैं रात-रात भर फिरती थी
खसमों की चौखटों पर,
इसलिए वे लड़के बदले पुण्यात्मा में और मैं बदली पापात्मा में

मेरा साहस देखिए कि मैंने ख़ूब लूटा अपने खसमों को,
बेशुमार छला उन्हें फिर भी वे सालों रहे मेरे आशिक़
मेरे सामने तालियाँ बजाते रहे वे मेरी कविताओं को कहकर बोल्ड
हक़दार बताते रहे मुझे भारतभूषण सम्मान का

और मेरी पीठ पीछे ख़ंजर लिये वार करते रहे मेरे चेहरे पर,
व्यभिचारिणी हूँ, वेश्या हूँ, महत्त्वाकांक्षी हूँ, अहंकारी हूँ...

सोचती हूँ उनमें और मेरे रिश्तेदारों में क्या फ़र्क़ है
तो जवाब मिलता है सिर्फ़ भाषा का फ़र्क़ है
मेरे रिश्तेदार गाली सीधे देते थे और मेरे सोलह खसम इस्तेमाल करते हैं
शानदार प्रतीक चिह्न
और इस तरह वे पूरी भाषा का पवित्रीकरण करते जाते हैं

सोलह खसम जैसे मुझे मिले, वैसे सबको मिलें
जैसे मेरी कामनाएँ पूरी हुईं, वैसी सबकी हों
सब सुखी हों, सब निरोगी रहें, सबका कल्याण हो

अब अपने-अपने घर जाइए
और यह अद्भुत, चमत्कारी खसम-कथा सबको सुनाइए।

एक बोसा ले लो

तुम मुझसे मिलना चाहते हो न
तो आओ, मिलो मुझसे और एक बोसा ले लो
मिलो उस क़स्बाई गन्दगी और ख़ुश्बू से
जिसने मिलकर मुझे जवान किया
जिसने खेतों से कटते प्लॉट देखे
मुहल्ले के उस पुराने जर्जर मकान से मिलो
जिसका सबसे पुराना व्यक्ति पिछले दिनों मर गया
घर के पिछवाड़े होते थे मासिक धर्म के कपड़ों के घूरे
उनके बीच जगह ढूँढ़कर शौच करतीं उन औरतों से मिलो
जिनके पिता या पति उम्र-भर शराबी रहे या बेरोज़गार
सँकरी गलियों में टँगे छज्जों पर
शाम होते ही लटकने लगती थीं घूँघट वाली बहुएँ
छोटी-छोटी बातों पर करती थीं खिलकौरियाँ
और कभी बात करते-करते रो उठतीं
मैं चाहती हूँ तुम उन बहुओं से मिलो
अभी भी उनकी आँखों के गड्ढों में नमकीन पानी भरा है
तीन-छह-दस तोले सोने में लदीं
मेहँदी और महावर से सजीं बीस-बाईस साल की लड़कियाँ
ससुराल से लौटकर आईं तो पचास की हो गईं
उन पचास साल की बूढ़ी लड़कियों से मिलो
जो कभी-कभार राखी और शादी-ब्याह के मौक़ों पर आती हैं बस
और आते ही बता देती हैं जाने की तारीख़
सीलन-भरे कमरे में रात-भर तड़पती थीं कुछ जवान छातियाँ
जो सुबह होते-होते सूख जातीं

कभी उन सूखी छातियों वाली प्रेमिकाओं से मिलो
देखो कैसे उनके जिस्म बर्फ़ हुए हैं
पानी की सब्ज़ी में तैरते थे दो-तीन आलू और एक टमाटर
बासी रोटियों के झुंड पर गिरते थे कई हाथ
जिनकी रेखाओं में भरी थी बर्तनों के माँजने की राख
मैं चाहती हूँ तुम उन हाथों से मिलो
और उनका एक बोसा ले लो।

पार्वती-योनि

ऐसा क्या किया था शिव तुमने?
रची थी कौन-सी लीला?
जो इतना विख्यात हो गया तुम्हारा लिंग
माताएँ बेटों के यश, धन व पुत्रादि के लिए
पतिव्रताएँ पति की लम्बी उम्र के लिए
अच्छे घर-वर के लिए कुवाँरियाँ
पूजती हैं तुम्हारे लिंग को
दूध-दही-गुड़-फल-मेवा वग़ैरह
अर्पित होता है तुम्हारे लिंग पर
रोली, चन्दन, महावर से
आड़ी-तिरछी लकीरें काढ़कर
सजाया जाता है उसे
फिर ढोक देकर बारम्बार
गाती हैं आरती
उच्चारती हैं एक सौ आठ नाम
तुम्हारे लिंग को दूध से धोकर
माथे पर लगाती हैं टीका
जीभ पर रखकर
बड़े स्वाद से स्वीकार करती हैं
लिंग पर चढ़े हुए प्रसाद को
वे नहीं जानतीं कि यह
पार्वती की योनि में स्थित
तुम्हारा लिंग है
वे इसे भगवान समझती हैं

अवतारी मानती हैं
तुम्हारा लिंग गर्व से इठलाता
समाया रहता है पार्वती-योनि में
और उससे बहता रहता है
दूध, दही और नैवेद्य...
जिसे लाँघना निषेध है
इसलिए वे औरतें
करतीं हैं आधी परिक्रमा
वे नहीं सोच पातीं
कि यदि लिंग का अर्थ
स्त्रीलिंग या पुल्लिंग दोनों है
तो इसका नाम पार्वती-लिंग क्यों नहीं?
और यदि लिंग केवल पुरुषांग है
तो फिर इसे पार्वती-योनि भी
क्यों न कहा जाए?
लिंगपूजकों ने
चूँकि नहीं पढ़ा 'कुमारसम्भव'
और पढ़ा तो 'कामसूत्र' भी नहीं होगा,
सच जानते ही कितना हैं?
हालाँकि पढ़े-लिखे हैं
कुछ ने पढ़ी है केवल 'स्त्री-सुबोधिनी'
वे अगर पढ़ते और जान पाते
कि कैसे धर्म, समाज और सत्ता
मिलकर दमन करते हैं योनि का
अगर कहीं वेद-पुराण और इतिहास के
महान मोटे ग्रंथों की सच्चाई!
औरत समझ जाए
तो फिर वह पूछ सकती है
सम्भोग के इस शास्त्रीय प्रतीक के—
स्त्री-पुरुष के समरस होने की मुद्रा के—
दो नाम नहीं हो सकते थे क्या?
वे पढ़ लेंगी

तो निश्चित ही पूछेंगी,
कि इस दृश्य को गढ़ने वाले
कलाकारों की जीभ
क्या पितृ-समर्पित सम्राटों ने कटवा दी थी
क्या बदले में भेंट कर दी गई थीं
लाखों अशर्फ़ियाँ,
कि गूँगे हो गए शिल्पकार
और बता नहीं पाए
कि सम्भोग के इस प्रतीक में
एक और सहयोगी है
जिसे पार्वती-योनि कहते हैं।

तीन लड़कियाँ

वे तीन लड़कियाँ हैं
तीनों बुद्धिमान हैं, कलाकार हैं, खिलाड़ी हैं...
मगर बेटियाँ नहीं हैं

वे भार हैं, बोझ हैं, ब्याज हैं अपने माता-पिता पर
मगर बेटियाँ नहीं हैं

उनकी माँ अपना नाम तक भूल गई है, उसका नाम अब बस यही है 'तीन लड़कियों वाली माँ'
तीनों लड़कियाँ उसे कमतर महसूस करवाती हैं, उन माँओं के सामने जिनके लड़के हैं
और जिनकी छाती गर्व से फूल गई है

पहली पहले बच्चे की चाह में हो गई
दूसरी लड़के की चाह में हो गई
और तीसरी समय पर जाँच न हो पाई इसलिए बस हो गई

तीनों में से एक भी ऐसी नहीं जिसे खेत, खलिहान, अटरिया और मकान दिया जा सके
माँ निराश होकर कहती है, 'ये सब तो बेटे को दिया जाता है और ये तीनों तो लड़कियाँ हैं'

सोचती हूँ उन तीनों का बालमन क्या सोचता होगा इस बारे में...
कि वे बेटियाँ नहीं, लड़कियाँ हैं बस!

उनकी माँ को बेटे का इन्तज़ार है
उन तीनों को भाई का इन्तज़ार है
घर और सम्पत्ति को भविष्य के मालिक का इन्तज़ार है

कोई नहीं जिसे बेटियों के लड़कियों में बदलने की चिन्ता हो...

अंडे, राम की बिल्लियाँ और बरसात

वह बीस की उम्र में कुछ कमाल का कर लेना चाहती थी
उसने अठारह में ही पढ़ ली थीं दुनिया के महान मनुष्यों की जीवनियाँ
एक के बाद एक न जाने कितनी योजनाएँ उसने बनाईं और रद्द कीं
मगर वह कर पाई बेहद साधारण काम
जैसे—शादी, रसोई, बच्चे, परवरिश, नौकरी, पैसा...

अब वह पैंतीस की है
और भविष्य के सपनों से अधिक अतीत की स्मृतियों में खोई रहती है

कामयाब होने से अधिक अब उसकी रुचि उन अंडों को फिर से देखने में है
जिनसे वह बचपन में बच्चे निकलते हुए देखना चाहती थी
या उन वृक्षों में जिन पर चढ़कर फल खाना वह कभी नहीं सीख पाई
या बरसात के उस खेल में जिसमें राम की बिल्लियाँ पकड़ने की प्रतियोगिता
आयोजित की जाती थी

हालाँकि अभी वह उम्र से पाँच बरस कम ही लगती है
फिर भी हर रात सोते समय वह ख़ुद से पूछती है
क्या वह बूढ़ी हो गई है?

इस सवाल का जवाब बहुत सकारात्मक देने के बाद भी वह जानती है
कि वह हर दिन बूढ़ी हो रही है
उसे अब अपना जन्मदिन हतोत्साहित करता है
अब वह जन्मदिन, शादी की सालगिरह और उत्सव पर मिले उपहार देखकर
भी ख़ुश नहीं हो पाती

अक्सर देर रात तक जागते-जागते वह सो जाती है
उसे कभी-कभार नींद में वह लड़का नज़र आता है जिसने उसे बचपन में साईकिल सिखाई थी
वह उस लड़के के सामने ख़ुद को फूट-फूट कर रोते हुए देखती है
वह देखती है रोते हुए वह दस बरस की बच्ची लग रही है।

तीन इच्छाएँ

1

मेरी जान! तुम्हें पता है मैंने क्यों लिखना शुरू किया था?
क्योंकि मैं तुम्हारे प्रेमपत्र का जवाब लिखना चाहती थी
मैंने वह पत्र लिखा भी, पर तुम्हें दे नहीं सकी
उसके बाद मैंने डायरी लिखी, पर तुम्हें पढ़ा न सकी
मैं वो बहुत कुछ नहीं कर सकी, जो मैं करना चाहती थी
मेरी ज़िन्दगी समझौतों में कटी और मैंने सिर्फ़ दुख महसूस किया।
मैंने कभी नहीं सोचा था कि मैं किसी राजा के ख़िलाफ़ लिखूँगी
मैं तो तुम्हारे वियोग में बारहमासा लिखना चाहती थी
पर अब मुझे ऐसा लगता जैसे कोई हत्यारा हत्या करने के बाद मेरे माथे पर
ख़ूनी लिख गया हो
मैंने कभी ऐसे सच की कल्पना नहीं की थी, जो आज मेरा अपना है...

मैंने क्रान्तिकारियों की जीवनियाँ पढ़ीं
पर जिया एक घरेलू सहायिका जैसा जीवन
जिस पर आरोप लगे कुंठित, क्रोधी और कामी होने के

कुछ भी नहीं हुआ ऐसा जैसा मैंने सोचा था
मेरे लिखा प्रेमपत्र मेरी माँ ने ही फाड़ दिया था

उसके बाद मैंने कुछ कविताएँ लिखीं
वो सब कविताएँ निराशा से उपजी थीं

मैंने सुखी होना चाहा
पर सुख का अर्थ संवेदनहीन होना निकला

मेरे लक्ष्य अधूरे रह गए
मेरे सपने ज़िन्दा होकर भी एक-एक करके दम तोड़ते रहे।

2

मैं कभी किसी से नफ़रत क्यों नहीं कर पाती
जबकि मैं करना चाहती हूँ...

क्यों मैं मुस्करा देती हूँ उन चेहरों को देखकर
जिन चेहरों को देखकर मेरी आँखें ख़ून से लाल हो जानी चाहिए थीं...

क्यों मैं एक माफ़ी के बाद
बर्फ़-सी पिघल जाती हूँ
बहने लगती हूँ नदी की तरह कल-कल...

क्यों मैं उन मुर्दों को रखती हूँ अपने भीतर ज़िन्दा
जिन्हें दफ़नाकर मुझे बहुत पहले ही विदा कर देना चाहिए था

जबकि मैं करना चाहती थी।

3

मृत्यु के समय
यदि तुम मेरी अन्तिम इच्छा पूछोगे
तो मैं कहूँगी—
मैंने जो कुछ लिखा है अब तक, उसे मिटा दो
मेरा लिखा मुझे शूल की तरह चुभता है।

मैं इस पीड़ा से मुक्त होकर शान्ति से मरना चाहती हूँ
क्या इस इच्छा को अपराध की श्रेणी में रखा जाएगा?

फिर उस बोध का क्या जो मेरे भीतर विस्तार पाता है
जिसके अनुसार मैंने हरा लिखा
जिया नारंगी।

फटी हथेलियाँ

मैं बिस्तर पर लेटी ही थी
तभी मेरी निगाह मेरी हथेलियों पर चली गई
मैंने देखा मेरी हथेलियों की खाल काफ़ी सख़्त है

मैंने धीरे-धीरे खाल की एक परत उचाटी
फिर एक के बाद एक कई परतें उचटती चली गईं

उन परतों के नीचे कुछ हुनर की स्याही निकली
कुछ निकली भोजन की महक, कुछ पोंछे का मैला पानी
कुछ साबुन के रसायन निकले, कुछ निकले धूल के कण
कुछ मल की बू निकली

वैसे फूलों की महक वाली क्रीम की बोतल रखी है मेरे घर में
पर इन हाथों पर कुछ बूँद उड़ेलने की फ़ुर्सत
मैंने कविताएँ लिखने में ज़ाया कर दी।

शोकगीत

मैं उन बच्चियों को जानती हूँ
जिनकी माँएँ जब मायके गईं
तो वे भयभीत रहीं अपने पिताओं से भी

दिन-भर बक-बक करने वाली ये बच्चियाँ
माँ के क़दम रेल या बस में पड़ते ही
परिपक्व औरत में बदल गईं
वे रसोईघर में आतीं
और चुपचाप अपने जूठे बर्तन माँजकर छत पर पढ़ने लगतीं
वे स्नानघर में नहातीं
तो दरवाज़े की कुंडी अच्छे से ऊपर चढ़ातीं
और चुपचाप बस्ता लेकर स्कूल निकल जातीं

वे चाँद से न आने की प्राथनाएँ करतीं
वे पूरे वक़्त किसी सहेली की तरह सूरज का साथ चाहतीं
उन्हें तारों वाली बाल कविताएँ भद्दी लगतीं

उनकी रात यह सोचते हुए गुज़रती कि आख़िर पिता भी तो पुरुष है
पिता भी तो रखते हैं अपनी आध्यात्मिक किताबों के बीच
सेक्स कथाओं की रंगीन-सी किताब
जिसके कवर पर लगभग नंगी-सी एक औरत खड़ी है
वे अच्छी तरह जानती थीं वे बिलकुल इस औरत की तरह नहीं
दिखतीं

मगर फिर भी वे उस कवर पर ख़ुद को खड़ा पातीं
और ख़ौफ़ से भर जातीं

इन बच्चियों के बचपन को मारकर बहा दिया गया उस नदी में
जिसका पानी नीला नहीं लाल था
मेरे घर के नल में आज भी यही पानी आता है,
मैं यही पानी पीती हूँ
मैं नहाती हूँ इसी पानी से...
मुझे ज़रा ग़ौर से देखो,
मैं आहिस्ता-आहिस्ता ख़ून जैसी दिखने लगी हूँ

इसलिए जब कोई अनजान औरत मुझसे कहती है—
कि एक 'बड़े आदमी' ने मुझे नोंचा-फाड़ा और लील कर उगल दिया
तो मुझे बिलकुल आश्चर्य नहीं होता
क्योंकि मैं जानती हूँ 'पुरुष बनना' इस सभ्यता की सबसे ख़तरनाक प्रकिया है

दुनिया के वे पिता जिनके वीर्य से बच्चियाँ बनीं
काश ख़ुद को 'पुरुष बनने' से बचा लेते!
तो ये बच्चियाँ कम से कम अपने आँगन में तो फुदक लेतीं
काश ये बच्चियाँ कुछ बरस चिड़िया बनकर जी लेतीं!!
तो मेरी उदास क़लम से ये शोकगीत न निकलता।

प्रेमिकाएँ

1

हर प्रेमिका किसी न किसी पिंजरे में बन्द थी
प्रेमिकाएँ प्रेमी के हाथों पिंजरे खुलवाना चाहती थीं
हर प्रेमी पिंजरे का दरवाज़ा एक बार खोलकर फिर से बन्द कर देता था

पता नहीं प्रेमी पिंजरे से डरता था या पिंजरे से बाहर निकलने का अरमान पाले बैठी प्रेमिका से
पता नहीं प्रेमिका प्रेमी से प्रेम करती थी या पिंजरे से बाहर आज़ाद घूमते प्रेमी जैसे जीवन की कामना से।

2

प्रेमी ने नस भी काटी तो कोसा गया प्रेमिकाओं को
प्रेमी ने ख़ुदकुशी की तो बदनाम हुईं प्रेमिकाएँ
प्रेमी पागल हुए तो गालियाँ बकी गईं प्रेमिकाओं को
प्रेमिकाओं ने नस काटी तो कोसा गया प्रेमिकाओं को ही
प्रेमिकाओं ने ख़ुदकुशी की तो बदनाम हुईं प्रेमिकाएँ ही
प्रेमिकाएँ पागल हुईं तो पीटी गईं प्रेमिकाएँ ही।

3

प्रेमिकाएँ प्रेम की शुरुआत में आकाश में उड़ने के सपने देखती थीं
मध्य में उनके पैरों के नीचे धरती नहीं रहती थी
अन्त में वे ख़ुद को पाताल में पड़ा पाती थीं

जिन्हें तैरना आता था वे तो ऊपर आ जाती थीं
जिन्हें तैरना नहीं आता था वे पानी में डूब जाती थीं।

4

जिन प्रेमियों ने प्रेमिकाओं के सामने ही दूसरी प्रेमिका बना ली
उन्हें बेवफ़ा कहा गया
जिन प्रेमिकाओं ने प्रेमी के सामने ही दूसरा प्रेमी बना लिया
उन्हें वेश्या कहा गया।

पुत्रकथा

मैं उसके गले लगी और वह मेरे
वर्षों बीत गए हम लगे रहे एक-दूसरे के गले
जब हम गले लगे थे—
तब वह चार का था और मैं तीस की
आज वह तीस का है और मैं छप्पन की

मगर लग रहा है जैसे कल ही की तो बात है
वह घूमता छोटे से आँगन में, गाता कोयल की तरह कुहुक
रचता दो कमरों की दीवारों पर मोनालिसा-सी मुस्कान

लग रहा है वह कुहुक, वह मुस्कान किसी आततायी ने कुचल दी
ये जो गले लगा है, ये कोई दूसरा ही है!
इसका मुख किसी जंगली जिनावर ने काट लिया है
मुख की जगह उग आए हैं नुकीले दाँत जिन पर मेरा ख़ून लगा है

पार्वती ने एक गुफा में निर्वासन का समय काटकर जैसे गणेश बनाए थे
वैसे ही मैंने बनाया था अपने पुत्र को अपने मैल में अपना बूँद-बूँद ख़ून सानकर
सुन्दर स्वप्न की तरह अथक प्रयास से सत्य में बदला था मैंने उसे

मेरे शापित पुत्र के पास अब बस एक धड़ है, दो हाथ हैं, दो पैर हैं, एक पेट है, एक लिंग है
पर वह स्नेहिल मुख नहीं जिसे मैंने निर्मित किया था कभी
उसके पास अब एक मनुष्यभक्षी मुख है, उसके पास मुझे देने के लिए अनेक क्रूर भय हैं

मेरे पास उसे देने के लिए किसी शिशु हाथी का कोमल मुख नहीं
इसलिए अब वह मेरा मुख काट रहा है
वह मेरे गले लगे-लगे एक कुयोजना पर कार्य कर रहा है
वह धीरे-धीरे मेरे मुख को मेरे धड़ से जुदा कर रहा है
पुत्र के सामने; मेरा मातृत्व, मेरी दुर्बलता बनकर मौन खड़ा है।

बिना बाप की लड़कियाँ

होली के दिन जब हम सब हमउम्र लड़कियों की आँखें
रहतीं पिचकारियों और गुलाल पर
तब उनकी जीभ लपलपा रही होती
गुझिया के आकार पर
बिलकुल वैसे ही जैसे प्रेमचन्द की बूढ़ी काकी
अनुमान लगाती हैं कोठरी के भीतर
दही, पूरी, कचौरी का गर्माहट भरा स्वाद,
न मिलने पर चाटती हैं वे भी
जूठी थाली
जो छोड़ गए है चचा आधा खाकर

सन्तोषी माता का व्रत
हर शुक्रवार को रखा जाता
शक्कर के मीठे पराँठे
और पनीले दूध के लोभ में

घर में सब चाय पीते थे
केवल उन्हें ही नसीब नहीं थी चाय
चाय पीएँगी तो बाँधने लगेंगी कपड़ा
जल्दी ही करनी पड़ेगी खसम की जुगाड़
अमूमन कंजूस और कर्कश अइया के इसी कथन पर
सूख जाती थीं उनकी बढ़तीं छातियाँ

अठारह साल से पहले इनका ब्याह निपट जाए
घर-भर को ही नहीं
गाँव-भर को थी
उनकी चिन्ता

बिना बाप की लड़कियाँ थीं वे
स्कूल जातीं
तो उनके साथ स्कूल जाते थे
उनके बब्बा, ताऊ, चच्चा
लग्गा-तग्गा भइया
कहीं वे पढ़ने की जगह कबड्डी तो नहीं खेल रहीं

घर में अइया, महतारी, ताइयाँ, चाचियाँ
गाँव-भर की भौजाइयाँ, बहनें...
देती रहतीं उन्हें सीख—
"लली फूँक-फूँककर पैर रखियो
बिना बाप की लरकिनें बहुत जल्दी बदनाम हो जाती हैं"

उन्हें लगता उनके कन्धों पर
पुरखों की ढाई किलो की पगड़ियाँ
रखी रहती हैं हरदम
पगड़ियों के बोझ से झुक गए थे उनके कन्धे
इसलिए बिना बाप की लड़कियाँ
झुककर चलती थीं

उनके ब्याह पर गाँव-भर के आदमी-औरत
गठबँधना करवा के पाँव पूजने आए
पंडित जी की जेब भर गई रुपयों से
बिना बाप की लड़कियों के हाथ में आ गए
कई जोड़ी बिछिया और बेसर

उनकी विदा पर बहुत रोना-पीटना हुआ
महतारी तो बेहोश हो गई
दर्शन दे गया था उसे
स्वर्ग से आशीर्वाद देता लड़कियों का बाप
मंडप के चारों कोनों मे बैठी औरतें
अइया के साथ पोंछ रही थीं आँसू
यह कहते—
"बिना बाप की लरकिनें थीं
चलो आज हिल्ले लग गईं।"

डूबते को तिनके का सहारा ही बहुत है

तवे पर एक रोटी डालती
दूसरी चकले पर बेलती
तीसरी चूल्हे में सेंकती
ध्यान रखती कहीं रोटी में पड़ न जाए
काला निशान
नहीं वे डाँटेंगे
फेंक देंगे थाली उल्टी चौके में
ग़ुस्से से बिलबिलाकर चले जाएँगे बाहर
रहेंगे रात-भर भूखे
उनकी भूखी आँतों के साथ
चारपाई पर औंधे लेटकर
दुश्वार हो जाएगी मेरी एक-एक साँस
रात-भर की नींद
इसलिए मैं उस समय सिर्फ़ एक चीज़ सोचती
रोटी!
रोटी!!
रोटी!!!

ग़ुसलख़ाने में घुसती
तो देह का मैल छुड़ाते हूए
कॉलर और पैंट की मोहरी को भी
रगड़ती रहती ब्रश से लगातार
अगर एक भी दाग़ रह गया तो वे पहनेंगे नहीं
पटककर वहीं ज़मीन पर
चले जाएँगे ग़ुस्से से दनदनाते

इसलिए मैं उस वक़्त
बस एक ही शब्द याद रखती
सफ़ाई!
सफ़ाई!!
सफ़ाई!!!

सुबह मुँह छिपाकर अँधेरे
खेत की मेढ़ पर
चलती कम सोचती ज़्यादा
जैसे बस वही एक सोचने का वक़्त था मेरा
तब मैं खेत, मेढ़, नदी, नाला, नहर
सब पार कर
पहुँच जाना चाहती उस ऊँचे पहाड़ पर
जहाँ रसोई और ग़ुसलख़ाने के सिवाए
कुछ और भी दिखे
जैसे-जैसे अँधेरा छँटता
मुझे लौटना होता
मेढ़ की घास को अपने हाथों से छू
उस भोर के उजाले में
मैं ढूँढ़ती कोई तिनका

मैं जानती थी कि तिनका पूरी जान लगाकर भी
नहीं पहुँचा पाएगा मुझे उस पार
फिर भी मैं ढूँढ़ती
क्योंकि मैंने बचपन में
अपने मास्टरजी से सुन रखा था—
डूबते को तिनके का सहारा ही बहुत है
फिर एक दिन मुझे एक तिनका मिला
अब मैं रोटी जला देती हूँ
कॉलर और मोहरी पर
छोड़ देती हूँ मैल
गालियों और ग़ुस्से का मुझ पर जैसे
कुछ असर ही नहीं होता।

जवान लड़की की लाश

लाश! लाश! लाश!
छुन्ने मामा के खेत पर लाश!
मर्द खेत की तरफ़ जानेवाले कच्चे रास्ते पर भागने लगे
औरतें एक जगह इकट्ठी होकर खुसुर-फुसुर करने लगीं

बच्चे खेल रहे थे, उन्हें लगा यह भी कोई नया खेल है
वे भी भागने लगे
भागते-भागते मर्द आगे निकल गए
बच्चे पीछे रह गए

बच्चे पूरी ताक़त लगाकर दौड़ रहे थे
पर आख़िर थे तो बच्चे

रास्ते में उन्हें तरबूज के खेत मिले
खरबूज के खेत मिले
पके आम के पेड़ मिले
पर उन्होंने किसी भी फल को ललचाकर नहीं देखा
वे बस भागते रहे

उन्हें लाश देखनी थी
उन्हें लगा लाश आसमान में उड़ने वाले हवाई जहाज़ की तरह होगी
उन्हें लगा लाश आसमानी झूले की तरह होगी
उन्हें लगा लाश तेज़ धूप, तेज़ बारिश या फिर तेज़ हवा की तरह होगी

थोड़ी देर बाद वे अपने लक्ष्य तक पहुँच गए
परती पड़े एक खेत पर 'एक जवान औरत की लाश' पड़ी थी
उसने नींबू रंग का एक सुन्दर सलवार सूट पहना था
उसके माथे पर एक छोटी-सी बिंदी थी
उसके हाथ-पैर के नाख़ूनों में मैरून रंग की नेलपॉलिश लगी थी
जो आधी-आधी छूटी थी

उसने पैरों में बिछिए नहीं पहने थे
उसने हाथों में काँच की चूड़ियाँ नहीं पहनी थीं
मर्दों ने इससे तय किया 'जवान लड़की की लाश है'

बच्चे देखने लगे लाश का मुँह न काला था न भूरा
बच्चे देखने लगे लाश के मुँह पर न रोने का भाव था न हँसने का
बच्चे देखने लगे लाश के गले पर सूखा हुआ ख़ून था
बच्चे देखने लगे लाश के पास एक मैली-सी चप्पल थी

बच्चे डर गए—
तो लाश मम्मी, बुआ, चाची, दीदी...की तरह होती है!

बच्चे भाग आए
और अपनी-अपनी माँओं की गोद में दुबक गए
उन्होंने मन-ही-मन तय किया अब कभी नहीं जाएँगे लाश का खेल देखने...

क्या देखा?
क्या देखा?

बच्चे एक स्वर में बोले
'जवान लड़की की लाश'

मार डाला-फेंक डाला
औरतें आपस में बोलीं
किसने मारा?

कोई बोली बाप ने
कोई बोली भाई ने
कोई बोली जीजा ने
कोई बोली प्रेमी ने

कहाँ मारा?

रेल में मारा
घर में मारा
बाग़ में मारा

कहाँ की थी?

कोई बोली गाँव की थी
कोई बोली शहर की थी

औरतें देर तक लाश का गीत गाती रहीं
बच्चे लाश का गीत सुनते-सुनते सो गए

उन्हें फिर ख़्वाब भी आए
तो 'जवान लड़की की लाश' के आए।

हिंसक परम्पराएँ

मेरे ऊपर पहली हिंसा कब और किसके द्वारा हुई
कुछ याद नहीं आ रहा...

हो सकता है तब हुई हो जब मेरी उम्र रही हो कोई एक-आध साल
मेरे रोने की ध्वनि और दादी के चीख़ने की ध्वनि, जब गड्डमड्ड होकर
माँ के कानों से टकराई होगी
तब माँ ने मुझे झूले में पटककर तड़ाक की आवाज़ के साथ पहला थप्पड़
रसीद किया होगा—

(माँ : "रोटी के लिए अबेर करवा दी जा मोड़ी ने!"
दादी : "मोड़ीं छाती से चिपकाय कें रखी जातीं हैं? "
बुआ : "गोदी में लिवाय-लिवाय कें डुलनी बनाय दई है मोड़ी।")

इत्यादि हिंसक वाक्य जब मुँह से निकलकर हवा में घुलते होंगे तो गुलाबी
गाल से पहले लाल फिर नीला रंग झड़ता होगा।

माँ घर में सबसे कमज़ोर थी
माँ से कमज़ोर थी मैं
तन, मन, धन तीनों से बेहद कमज़ोर
और इनसान अपने से कमज़ोर इनसान पर ही अपनी कुंठाएँ आरोपित करता
आया है

मैंने कोई हिसाब-किताब दर्ज नहीं किया हिंसा का
सम्भव भी नहीं था यह करना
गणित मेरे लिए बेस्वाद विषय रहा हमेशा

माँ ने इसलिए मारा क्योंकि मैं उनकी दुर्गति में सहायक थी, मैंने उनके दूध से रीते स्तन ज़ख़्मी किए थे
पिता ने इसलिए कि मैं जवान होकर भी उद्दंड थी, मैंने उन्हें झुककर कभी प्रणाम नहीं किया था
पति ने इसलिए कि मैं बेशर्म थी, मैं उसके दोस्तों के सामने हँस देती थी और अकारण ही नाचने लगती थी
नाचने से मेरे भाई को भी सख़्त चिढ़ थी, इसलिए कभी-कभार वह भी प्यार से मार देता था मुझे
चिढ़ तो मेरे प्रेमी को भी मेरे हर शब्द से थी, इसलिए वह अक्सर शब्दों के थप्पड़ मारता था मेरे गालों पर, उन्हीं गालों पर जिन्हें वह कई बार पागलों की तरह चूमकर फूल जैसा होने का ख़िताब दे चुका था।

मैंने मारा अपने बच्चों को
क्योंकि वे मेरा कुछ बिगाड़ नहीं सकते थे
वे तो सार्वजनिक आलोचना भी नहीं कर सकते थे मेरी
अगर करते भी, तो कौन करता उन पर विश्वास?
आख़िर मैं माँ थी! और माँ हमेशा ममता-त्याग-महानता की मूर्ति होती है

हिंसा हर परिस्थिति में हिंसा नहीं कही जाती
हम इसे पवित्र परम्परा के नाम से जानते हैं
हिंसक परम्पराओं के पालन में हम सभी मनुष्य माहिर हैं
हमें अपराधबोध भी नहीं सताता
हम इसे प्रेम कह-कहकर व्याख्यायित करते हैं।

मृत्यु के बाद भी आत्मा पर पड़े हिंसक चिह्न जीवाश्म बन जाने के लिए अभिशप्त हैं
इसलिए हम सब उन हाथों को विराम देने के बारे में विचार कर सकते हैं
जो 'निर्माण' की जगह 'हिंसा' के लिए उठे।

मैंने पिता से सीखा

उन दिनों मैंने नया-नया समाजवाद पढ़ा था
मुझे घर आते ही पिता में पिता से ज़्यादा नज़र आता था
एक दक्षिणपंथी अँगड़ाई लेता हुआ
पिता माँ से चाय मँगाते—मुझे शोषक नज़र आता
पिता साथ के कर्मचारी की बात करते—मुझे जातिवादी नज़र आता
जो घुन की तरह चिपका है परम्परा से

जबकि पिता कह रहे थे घुन होना ही उनके जीवन की नियति है
मैं परम्परा की चीर-फाड़ चाहती थी
और पिता थे कि यह सुनते ही हिटलर हो जाते
माँ बीच-बचाव करती
अकेले में ले जाकर कहती—तुम क्यूँ भूल जाती हो, वे लड़की के पिता है
और लड़की का पिता होने का मतलब जानती हो समाज में क्या होता है?
"क्या होता है डरपोक होना?"
"तुम उद्दंड हो चुकी हो"
"जो सही बोलता है, उसकी उद्दंडता ज़्यादा अच्छी है, एक ग़लत बोलने वाले की उदारता से"

फिर कुछ समय बाद ख़ुद ही अपने सभी हथियार डाल के पिता टेक देते थे घुटने मेरे सामने
समझाते परिवेश, देहात, मजबूरी व भविष्य के बारे में
मैं हिला देती सिर यूँ ही
लाड़ आ जाता था मुझे पिता पर
जैसे उन्हें आ जाता था बचपन में मुझ पर

मैं अपने दिमाग़ में प्रगतिशील आलोचना करती पिता की जैसे नामवर सिंह करते हैं छायावाद की
तब मैं इस निष्कर्ष पर पहुँचती—पिता अपने समय और परिवेश के एक प्रगतिशील व्यक्ति हैं पर कुछ कमज़ोरियों के साथ
दूसरे दिन मेरी अपनी ही आलोचना पर टिप्पणी होती—पर ये कमियाँ भयानक तौर पर स्त्री-विरोधी हैं

अब पिता मुझसे घमासान नहीं करते
न मैं उनसे
पिता-पुत्री अब एक साथ लोकतांत्रिक हो गए हैं
पिता समझते हैं मुझे अब अपने आप से ज़्यादा बुद्धिमान और साहसी
और अब मैं भी समझने लगी हूँ पिता को कुछ-कुछ

पिता की हाड़-तोड़ मेहनत, ईमानदारी और सादगी बरबस ही खींच लेती है मुझे उनकी ओर
अब मुझे पिता के सरसों के तेल से तर बालों में
अब मुझे पिता की फटी एड़ियों में
अब मुझे पिता के मामूली कपड़ों में
दिखाई देने लगा है सौन्दर्य
मुझे अब पिता दुनिया के ख़ूबसूरत पिताओं की फ़ेहरिस्त में शुमार दिखने लगे हैं
अपनी कमज़ोरियों के साथ ख़ूबसूरत कैसे बना जा सकता है यह मैंने पिता से सीखा।

डायपर को आभार प्रगट करते हुए

घर के नाम पर हों एक-दो कमरे
छत के नाम पर अलगनी बाँधने लायक थोड़ी-सी जगह
जहाँ सूरज भी आने से शर्माता हो
बिस्तर के नाम पर हो एक ही बिछौनेनुमा गद्दा
चादर के नाम पर एक सूती-सा कपड़ा

दिसम्बर का बर्फ़-सा महीना
एक सफ़ेद रुई की रजाई हो
हों कुल मिलाकर पाँच (या दस भी) कच्छे, पजामे और निकर

पालक के नाम पर हो बस एक स्त्री
दिन-भर की थकी-हारी, रोई-खोई स्त्री

तब पता चलता है डायपर कितना ज़रूरी है!

डायपर इस स्त्री को नींद के लिए कुछ घंटे दे देता है

वस्तुएँ कई बार व्यक्तियों से ज़्यादा मददगार साबित होती हैं

स्त्रियाँ इस सच को ख़ूब जानती हैं
इसलिए वे वस्तुओं का भी आभार प्रकट करती हैं।

तुम पत्थर की हो!

उसने कहा—
'तुम पत्थर की हो'
फिर अधिकतर ने यही कहा...

मैंने हर बार इस वाक्य के ख़त्म होने के बाद
इसके सच होने की कामना की

मेरे लिए मनुष्य होना भी कठिन रहा
और पत्थर होना भी...

न जाने सरलता से मेरी क्या दुश्मनी है
कभी भी कोई ठीक-ठाक रास्ता नहीं मिला

मुझे समन्दर भी अच्छे लगे
और पहाड़ भी
आकाश की यात्रा की भी बड़ी चाहत थी मेरी
पर रहना पड़ा मुझे मैदान में

ऐसे मैदान जहाँ से पथरीली सड़कें तो गुज़रीं
पर उन पर हरे पेड़ न थे
जो थे वे सूखे और बेजान...

इसलिए मैंने पत्थर होना चाहा...

मैंने ऐसे किसी राम की कामना नहीं की जो इस अभिशाप से मुझे मुक्ति दे...

क्योंकि मैं जानती थी, 'प्रेम कभी मुक्ति नहीं देता, हाँ! मुक्त होकर प्रेम ज़रूर सम्भव है।'

चच्चा चल बसे

ज़िन्दगी के अन्तिम मोड़ पर ऐसा क्या हुआ
चच्चा ने छलाँग लगा दी कुँए के भीतर
नहीं सोचा अपने बेटे-बेटियों और नाती-पोतों के बारे में ज़रा भी
भूल गए पत्नी
कुछ साल पहले
जिसे मौत के मुँह से खींचकर लाए थे चच्चा
कहते हैं सब ठीक था
बस...
बुढ़ापे में गड़बड़ा गई थी उनकी मानसिक स्थिति
बड़ी बहू आग लगा कर मर गई
मँझली बेटी का पति ब्याह में ही मर गया
बड़ी का कुछ साल बाद
दो पोतियाँ ब्याह होते ही
पेट से हुईं
फिर बारी-बारी से मर गईं
(या मार दी गईं)
और भी न जाने क्या-क्या देख चुके थे चच्चा
पर नहीं हुए थे पागल
वैसे ही चलते थे
वैसे ही खाते थे
वैसे ही बोलते थे
अपनी दबंगई में
रहते थे हरदम
कभी साग

कभी गन्ना
कभी बेर
चच्चा का अपना एक लोक इतिहास था
चर्चे थे असफेर के गाँवों में
पिछले एक-दो सालों से
हर वक़्त बरबराते थे
उनके पोपले मुँह पर लगा रहता था गालियों का अम्बार
जिसके पास बैठ जाते
उसे कोई कामधाम न करने देते
पीठ पीछे सब कहते
चच्चा सिधार जाएँ स्वर्ग
मालूम नहीं उस वक़्त
क्या आया होगा उनके दिमाग़ में
बस निर्णय लिया
कूद गए
और चल बसे!

विदाई

'विदाई' का मतलब एकता कपूर का लिजलिजी भावुकता परोसने वाला सीरियल ही नहीं होता सिर्फ़

जिसके ज़्यादातर एपिसोड में गोरे रंग की साधना बाँधनी प्रिंट की रंग-बिरंगी साड़ियाँ पहनकर रोते-रोते मॉडलिंग किया करती है

इस देश की सबसे महँगी दुकान से ख़रीदी गई 'साधना साड़ी' पहनकर भी नहीं काटी जा सकती विदाई की बेला...

विदाई यातना का समय है
जिसमें अभी-अभी पटरियों से सरपट भागती रेलगाड़ी से फेंकी गई है एक शिशु स्त्री
वह घायल, ज़ख़्मी नन्ही बालिका विदाई की बेला के बाद वृद्धा में बदल जाती है

विदाई की बेला के बाद
उस बूढ़ी स्त्री की जीभ में स्वाद रह जाता है बस
उसके कान में रह जाता है बासी पड़ चुका कोई संगीत
नाक में रह जाती है तरह-तरह की गन्ध
त्वचा में रह जाती है प्रेम और उत्तेजना की छुअन
आँख में रह जाते हैं कई-कई दृश्य
कल्पनाओं में रह जाते हैं आधे-अधूरे बिम्ब

चेहरे पर झुर्रियाँ
बालों में सफ़ेदी
पैरों में थकान
नींद में स्वप्न
स्वभाव में सनक
और जीवन में अश्रुमग्नता रह जाती है विदाई की बेला के बाद

फिर तमाम उम्र ये वृद्धा, हर किसी की विदाई पर रुदाली बनकर प्रगट होती है

ये गला फाड़कर किसी भी अपरचित या परिचित लड़की की विदाई पर एक जैसे स्वर में रो लेती है

औरों के लिए इसका रोना भी हो जाता है संगीत का बजना पर ये कोई संगीतज्ञ नहीं
असलियत में इसे रोने के अलावा और किसी हुनर में दक्षता प्राप्त नहीं करने दी गई
कहा गया ये तो पैदा ही 'विदाई की रस्म' निभाने के लिए हुई हैं।

मुक्ता साल्वे*

ईश्वर ने ग्यारह वर्ष की
एक अछूत कन्या का घर
खिलौनों से नहीं भरा
ईश्वर ने घर की जगह पर
उसका हृदय चुना
और उसे माँग-महार की
पीड़ा से भर दिया

ईश्वर के खेल के मैदान
उसके लिए नहीं थे
उसके लिए थीं
ईश्वरद्रोहियों के द्वारा खोली गईं पाठशालाएँ
जहाँ उसने पाई ईश्वर से
और ईश्वर के अनुनायियों से
प्रश्न पूछने की शिक्षा
कि जब ईश्वर के वेद
उसके लिए नहीं हैं
तो वह क्यों माने
उनमें लिखे अक्षरों को?

मुसलमानों के लिए
ईश्वर ने क़ुरान लिखी

---

* मुक्ता साल्वे ग्यारह वर्ष की एक दलित लड़की थी जो सावित्रीबाई फुले द्वारा पुणे में स्थापित विद्यालय में पढ़ती थीं।

ईसाइयों के लिए
ईश्वर ने बाइबिल लिखी
ब्राह्मणों के लिए ईश्वर ने वेद लिखे
दलितों के लिए ईश्वर ने कुछ नहीं लिखा!
क्या ईश्वर इतना पक्षपाती था?

अगर था तो उस अन्यायी ईश्वर की फ़िक्र
मुक्ता साल्वे क्यों करे?
क्योंकर ख़ुश हो उन पेशवाओं की
तथाकथित वीर रस प्रधान कथाओं पर
कि जिन्होंने माँग और महार के सिरों से
गेंद-बल्ले सा खेला
कि जिनके महलों के नींव में
दलितों की हड्डियाँ गड़ी हैं
कि जिनके कारण गर्भवती स्त्रियाँ
भूख और पीड़ा से तड़पकर मर गईं
कि जिनके कारण बच्चों की पीठ पर
कोड़ों की मार के निशान हैं

मुक्ता साल्वे ऐसे ईश्वर
ऐसे राजाओं और
ऐसे बर्बर अनुयायियों की भावनाओं के
आहत होने की चिन्ता क्यों कर करे?
इसलिए मुक्ता साल्वे अपने अक्षर लिखती है
अपने शब्द बनाती है
और उनमें अपने अर्थ भरती है

उन अर्थों को खोलने में
तुम्हारा द्विज दिमाग़
तब भी असमर्थ था
और अब भी असमर्थ है
अगर अपने पूर्वजों के कृत्यों पर

सचमुच शर्मिन्दा हो
तो उस शर्म को
अपनी आँखों में लेकर आओ
और मुक्ता साल्वे से माफ़ी माँगो!
क्योंकि वो शर्म अब भी
तुम्हारी आँखों में नहीं दिखती...

सुन रहे हो न
गोखले, आप्टे, त्रिमकाजी,
अंधाला, पंसारा, काले, बेहरे इत्यादि
मुक्ता साल्वे से माफ़ी माँगो!

एलीना क़ुरैशी

एलीना क़ुरैशी आज तुम हिजाब पहनकर कॉलेज आईं
याद है वो दिन! जब तुम पहली बार आई थीं तो जींस-टॉप पहनकर आई थीं
तुमने कहा था, "मैम, मुझे आईपीएस बनना है।"
मुझे कितनी ख़ुशी हुई थी यह जानकर कि तुम्हारे पापा तुम्हें पढ़ाने में रुचि रखते हैं
मैंने तुम्हारी मम्मी से बात की थी एक बार फ़ोन पर, और जाना वो तुम्हारी पढ़ाई को लेकर चिन्तित रहती हैं
तुम तब भी हिजाब पहनने वाली लड़कियों के साथ आती थीं
पर सबमें सबसे अलग था तुम्हारा आत्मविश्वास, तुम्हारी चहकती जवानी, तुम्हारी चमकती आँखें
उन आँखों से झाँकते सपने, तुम्हारी गूँजती हुई हँसी
एलीना क़ुरैशी तुम सबसे सुन्दर हँसती थीं!

मगर आज तुम बहुत गम्भीर थीं
लगा जैसे तुमने हँसना बन्द कर दिया है
लगा जैसे तुम ख़बरें पढ़ने लगी हो
लगा जैसे तुम टीवी देखने लगी हो
लगा जैसे तुमने फेसबुक पर कोई मज़हबी ग्रुप ज्वाइन कर लिया है
एलीना क़ुरैशी तुम भी हिजाब पहनने लगी हो!

एलीना क़ुरैशी मैं 'अब्दुल्लाह हुसैन' की किताब 'उदास नस्लें' पढ़ रही हूँ
मैं इस किताब को पढ़ते हुए बस तुम्हें देख रही हूँ
मेरे देखते ही देखते तुम असमय ही कितनी बूढ़ी होती जा रही हो एलीना क़ुरैशी

न जाने कौन-सा कम्बख़्त वज़न है जो तुम्हारे होंठों से चिपककर बैठ गया है
काश तुम इस सियाह हिजाब के बारे में कोई टिप्पणी करती एलीना क़ुरैशी!

हिन्दू शिक्षक कह रहे हैं, "एलीना का हिजाब विवाद के बाद, हिजाब पहनना बताता है कि मुसलमान कितने कट्टर होते हैं।"
एलीना क़ुरैशी तुम्हें पता भी है कुछ
'तुम्हें कट्टरपंथी घोषित किया गया है'
और यह वाक्य लिखते हुए मेरा ब्लड प्रेशर 'लो' हो रहा है।
राजनीति बहुत क्रूर हो गई है
उसकी क्रूरता से बचने के लिए मैं भी पीछे की तरफ़ चल रही हूँ
तुम भी चल रही हो पीछे की तरफ़ एलीना क़ुरैशी
राजनीति के बचाव-दबाव-जवाब में और कितना पीछे की तरफ़ चलना है हम दोनों को
तुम्हें अरब जाकर रेत पर लेटना है और
क्या मुझे भगवा पहनकर हवन कुंड में बैठना है एलीना क़ुरैशी?

तुम्हें पुलिस में जाने से पहले और मुझे कविता लिखने के अलावा और क्या-क्या करना है एलीना क़ुरैशी?

कुलताबाई

बस में चस्पाँ एक इश्तिहार बार-बार सवारियों की निगाहें अपनी तरफ़ खींच रहा है
इश्तिहार एक गुम औरत कुलताबाई के बारे में है
थाना ब्यावरा शहर में रहने वाली कुलताबाई की उम्र भी रानी लक्ष्मीबाई की तरह 23 साल है
पर कुलताबाई के पास रानी की तरह घोड़ा नहीं था इसलिए कुलताबाई घोड़े पर बैठकर भागी नहीं, गुम हो गई
ऐसी गुम हुई कि इश्तिहार बन गई।

पति को पता है वह गुम हो गई है इसलिए उसने 10 हज़ार रुपए ईनाम घोषित करके यह इश्तिहार निकलवाया है
इश्तिहार में कुलताबाई के हुलिये का ब्यौरा है : रंग गोरा है, चेहरा गोल है, दसवीं तक पढ़ी है, हल्के नीले रंग की साड़ी पहनी है।

बस में बैठीं सवारियों के चेहरे पर द्वन्द्व की दो लकीरें हैं
लकीर एक : कुलताबाई पागल होगी।
लकीर दो : कुलताबाई अपने आशिक़ के साथ भाग गई होगी।

कुलताबाई इश्तिहार में काले मोती का मंगलसूत्र पहने विवाह संस्था पर तंज कस रही है
इश्तिहार में पति का लम्बा-सा नाम और मोबाइल नंबर है
पर उस नंबर पर कुलताबाई के बारे में कोई कॉल नहीं आई है अब तक

थाना ब्यावरा में कुलताबाई माने अब 'गुमशुदा औरत' हो गया है

कुलताबाई के कितने बच्चे हैं?
उन बच्चों में कुलताबाई को मेढ़क दिखते हैं या झींगुर?
कुलताबाई रोटी की तलाश में भाग गई?
कुलताबाई अपने कमरे की खोज में भाग गई?
कुलताबाई कौन से काम में ज़्यादा रुचि लेती थी?
कुलताबाई दिन में कैसे सपने देखती थी?

कुलताबाई के बारे में ऐसी बातें कोई नहीं सोच रहा।

जिन सवारियों को पैसे की ज़रूरत है वे 10,000 के बारे में सोच रही हैं
जिन दिमाग़ों को सूचनाओं की लत है, वे कुलताबाई के नितम्ब व स्तन का माप ले रहे हैं
और कुछ नहीं तो कुलताबाई के इस इश्तिहार से मनोरंजन तो किया ही जा सकता है!
कुलताबाई के मन का चंचल घोड़ा नाले में डूबा नहीं है
वह ब्यावरा फलाँग कर कहीं दूर निकल गया है
जहाँ न पुलिस जा सकती है, न पति जा सकता है, न ये चार लोग जा सकते हैं।

पुरखिनें

पुरखे युद्ध करते रहे
घाव लेकर घर लौटे
वीर कहलाए।
पुरखिनें कारावास में रहीं
बेड़ियाँ पहने-पहने पुरखों के घावों पर मरहम लगाती रहीं
मरहम लगाते-लगाते मर गईं।

घाव और कारावास में से कोई एक विकल्प चुनना हो तो तुम क्या चुनोगी?
तुम कहोगी : घाव की पीड़ा से तो कारावास की बेचैनी भली!

पर पुरखिनें कहेंगी: घाव को समय भर देता है पर कारावास को कम नहीं कर पाता।
समय; कारावास का आदी बना देता है, फिर स्वतंत्रता से भय लगने लगता है
फिर नींद में भी स्वतंत्रता भयानक स्वप्न के रूप में आती है।
समय; पुरखिनों के कारावास को कम नहीं कर सका
पर समय ने पुरखों के घाव ज़रूर भर दिए।

घाव और कारावास में से एक चुनना हो
तो तुम कारावास मत चुन लेना मेरी बच्ची
माना कि घाव से मर सकते हैं पर मरकर वीर तो कहलाते हैं न?

घाव से तड़प-तड़प कर मर जाना, कारावास में रहकर घुट-घुटकर मरने से सौ गुना बेहतर विकल्प है।

तुम्हें जिस तरह मरना है मर जाना मेरी बच्ची
पर कम से कम मेरी तरह पश्चात्ताप की अग्नि में जलना मत!

बिच्छू

[हिन्दी के सुप्रसिद्ध कवि अज्ञेय की 'साँप' कविता से प्रेरणा लेते हुए]

मैंने उसे मौन आभार व्यक्त किया और लिखा :

तुम्हें शहर नहीं गाँव प्रिय थे
इसलिए तुम साँप नहीं,
बिच्छू बने
तुम छिपे रहे मेरे घर के कोनों में
मारते रहे निरंतर डंक
बने रहे सालों जीवित

तुमसे मैंने सीखा:

प्रेम जिस वक़्त तुम्हारी गर्दन पकड़ने की कोशिश करे
उसे उसी वक़्त औंधे मुँह पटक कर, अपने पैरों से कुचल दो
जैसे कुचला जाता है बिच्छू

अगर फिर भी प्रेम जीवित बचा रहा
तो एक दिन वो तुम्हें डंक मार-मार कर अधमरा कर देगा।

शक्कर से ज़रा बचकर रहना

मेरी दोस्त जब कोई तुमसे सिर्फ़ फूल-पत्तियों की बातें करे
तो सतर्क हो जाना
ज़्यादा मीठा बोलने वाले
अक्सर सबके हिस्से की मिठाई ख़ुद खा जाते हैं

याद रखना मेरी दोस्त शक्कर के गोदाम जलने के बाद कुछ नहीं देते
मगर नीम की पत्तियाँ धुआँ बनकर भी मच्छर भगा देती हैं

मुझे तुमसे बस इतना कहना है
हमेशा मीठा लिखने वालों को मत पढ़ती रहना
ऐसे लेखक तुम्हें शक्कर की बीमारी लगा सकते हैं
कुछ नीम लेखकों को भी पढ़ लेना
ऐसे लेखक तुम्हें शक्कर की बीमारी से बचा लेंगे

मेरी दोस्त तुमने देखा होगा
जिनके स्नानघरों में चींटियाँ रेंगती हैं
उनके रसोईघरों में जलेबियाँ छिपाकर रखी जाती हैं

ऐसे लोग उम्र-भर चाशनी में डूबना चाहते हैं
मगर तुम शक्कर से ज़रा बचकर जीना

वे नहीं जानते कि शक्कर का आधिक्य रक्त से सिर्फ़ ग्लूकोज़ ही नहीं
छीनता

शरीर से जवानी भी छीन लेता है

बेशक तुम्हें झुर्रियों से प्रेम हो
बेशक तुम्हें औरों की अपेक्षा थोड़ा कम जीने की चाह हो

फिर भी कभी 'मीठी मौत' मत मरना मेरी दोस्त!

विषकन्याएँ

मुँह में विष और हृदय में चरम सुख की चाह रखने वाली ये यौवनाएँ, औरतें नहीं विषकन्याएँ हैं
दूर रहो इनसे
मत फँसो इनके आकर्षक रूपजाल में
पछताने का समय भी नहीं देतीं ये विषकन्याएँ

कामोत्तेज़ना के क्षणों में अपने सुन्दर विषैले दाँत तुम्हारी गर्दन पर हल्के से गड़ाकर लौट जाएँगी अपने घरों में
और जिएँगी इतना साधारण जीवन कि तुम्हारी मृत छाया भी नहीं जान सकेगी,
कि घरों में पोंछा रगड़ती, कपड़े धोती ये गृहणियाँ, औरतें नहीं, विषकन्याएँ हैं

ये स्वादिष्ट भोजन की बात करेंगी
ये सुन्दर वस्त्रों की बात करेंगी
ये रति विमर्श की बात करेंगी
तुम इनकी विलासी बातों में मत आना

तुम अपनी भाषा की गन्दगी इनके सुन्दर मुख पर पोत आना
कोई रासायनिक द्रव मिल जाए तो इनके सुन्दर मुख पर उड़ेल आना

बहुत अंहकार है इन्हें
कुचल कर रख देना इनका अंहकार
छुरी मिल जाए तो
छुरी से लिख आना इनकी नाभि के नीचे 'विषकन्याएँ'

ये रंडियाँ, औरतें नहीं विषकन्याएँ हैं

इन्हें आधुनिक शिक्षा ने पाल-पोस कर हमें मारने के लिए तैयार किया है।

सिल-लोढ़ा

कोई भी शब्द सिर्फ़ अर्थ-भर नहीं होता
कई शब्दों की ध्वनियों में चीख़ती हैं कई क्रूर कहानियाँ
ऐसी ही एक कहानी याद आ रही है जिसका शीर्षक है 'सिल-लोढ़ा'

दिल्ली में रहने वाली लाडो को
रात बारह बजकर पाँच मिनट पर
उसके देवर ने सिल-लोढ़े पर मसाला पीसने को कहा
और लाडो ने साफ़ मना कर दिया।
तब उसके देवर ने ग़ुस्से से पागल होकर लोढ़ा भाभी के माथे पर दे मारा
और लाडो की हत्या कर दी

इस तरह मसाला न पीसने की मामूली-सी 'न'
लाडो की हत्या की वजह बन गई

बैठक की तरफ़ से छापे गए प्रश्नपत्रों में ऐसी क्रूर कहानियों की निम्नलिखित व्याख्याएँ हुईं—
रसोई में सिल-बट्टे से मसाला पीसने के उपरांत बहुत स्वादिष्ट सब्ज़ी का निर्माण होता है
इतनी स्वादिष्ट कि इस सब्ज़ी को खाकर युद्ध, चुनाव और बहस तीनों एक साथ जीते जा सकते हैं
इतनी लाभदायक कि इस सब्ज़ी को खाते हुए सूचना तकनीकी के क्षेत्र में नए-नए आविष्कार किए जा सकते हैं
और साथ में परम्पराओं पर नतमस्तक भी हुआ जा सकता है

रसोई की तरफ़ से छापे गए प्रश्नपत्र में सिर्फ़ एक सवाल आया—
'सिल-लोढ़ा' कहानी से हमें क्या शिक्षा मिलती है?
उत्तर में कुछ नई परिभाषाएँ जोड़ी गईं—

रसोई : वह स्थान जहाँ स्त्रियों के शव गाड़े जाते हैं
सिल-लोढ़ा : वह हथियार जिससे स्त्रियों की हत्या की जाती है
मसाला : वह घोल जिससे दो प्रकार के प्रश्नपत्र छापे जाते हैं।

गोंद वाले पेड़

लाडो जब छोटी थी
पेड़ पर चढ़ना जानती थी

लाडो को पसन्द थे
नीम, बबूल और शीशम के पेड़
जिन पर गोंद का मिलना ऐसा था
जैसे किसी ख़ज़ाने का मिल जाना

पर जब से लाडो जवान हुई है
सूख गई है उसकी बाढ़
यह सूखापन सबसे ज़्यादा दिखता है उसके चेहरे पर
उसके दोनों गाल इस तरह से चिपक गए हैं हड्डियों से
जैसे चिपक जाती है तवे पर कोई रोटी,
(बहुत अधिक आँच के कारण)
लाडो को दिल्ली में देखकर लगता है जैसे अफ्रीका के जंगलों से निकला
एक ग़ुलाम अमेरिकी सभ्यता देखकर हतप्रभ हो

लाडो जानती है
उसके शरीर को दूध नहीं, गोंद लगता है
मुद्दा ये नहीं है कि गोंद कितना फ़ायदेमन्द है
और दूध कितना नुक़सानदेह
मुद्दा ये है कि लाडो आज गोंद का स्वाद
और पेड़ पर चढ़ना
दोनों भूल गई है

इस कविता का मक़सद उसे बस यह याद दिलाना है
कि उसकी जगह बिना खिड़कियों वाले इस कमरे से कई हज़ार किलोमीटर दूर अलमारी में रखी एलबम में मुस्कुराती उस लड़की के पीछे खड़े पेड़ों के ऊपर है।

भ्रमरगीत

ऐ भौंरे!
मन हमारे भी दस-बीस नहीं हैं एक ही है,
उस मन को कान्हा मथुरा से पटक गए थे गोकुल
उस चोटिल मन को सगुण-निर्गुण जैसी अभौतिक परिकल्पना में कैसे लगाएँ?

हमारा एक मन और तुम्हारे ये सौ तर्कयुक्त विचार
हमारी मानो तो यहाँ से ले जाओ अपने ज्ञान की पोटली
इस पोटली की अब यहाँ किसी को ज़रूरत नहीं
यहाँ अभी उत्तरजीविता का संकट मँडरा रहा है।

मन जो ईश की आराधना में रमता
अब वियोग और अपमान के तूफ़ान से पराजित होकर ईश की निंदा में रमा है
इस निंदक मन को तुम्हारे हवाले नहीं कर सकते भौंरे!
तुम भी तो कान्हा के ही मित्र ठहरे...

मथुरा जाकर उस कान्हा से कहना जो कभी वृन्दावन की गलियों में हमारे साथ खेला करता था कि हम उसे भूल चुके हैं
क्योंकि अब वह राजा है और हम प्रजा

कहना कि गोपियों ने प्रेम को गम्भीरता से लेना बन्द कर दिया है
अब वे मथुरा-नरेश के दरबार की राजनीति में रुचि लेने लगी हैं

ऐ भौंरे, कृष्ण से पूछना, प्रेम यदि सत्य है तो फिर राजतंत्र की सनक का रहस्य क्या है?
और यदि ज्ञान सत्य है तो फिर ज्ञान का प्रभुसत्ता से सम्बन्ध क्या है?

यदि कृष्ण समझते हैं हम फूल हैं
और वे फूल का रस पीकर उड़ जाने वाले भौंरे तो वे हमारे मन के विषय में कुछ नहीं समझते
और यदि तुम समझते हो तुम उद्धव हो और हम गोपियाँ और तुम कान्हा के मित्र और हम कान्हा की प्रेमिकाएँ
तो तुम भी मन के विषय में कुछ नहीं जानते

जाओ भौंरे! तुम मथुरा-नरेश की चापलूसी में चप्पलें घिसो
और मंत्री के महत्त्वपूर्ण पद पर विराजमान रहो
हम यहाँ उनकी ग़लत नीतियों के विरोध में अपने हृदय को चाक़ू की तरह पत्थर पर घिस-घिसकर धारदार कर रहे हैं

मन एक है और हमारा एक मन इस एक काम में लग चुका है भौंरे!

आलू

मुझे शुगर थी
इसलिए उसने मुझसे मिलने के बाद आलू नहीं खाए
कोई मर कर क्या करेगा, जितना प्यार उसने मुझे जीकर किया
उसके मरने के बाद मैंने उसकी चिता की आँच पर दो आलू भून लिए
इतना भी परहेज़ क्या कि कोई किसी के ग़म में दो आलू भी न खा सके
इतना भी प्यार क्या कि कोई किसी के लिए दस साल तक आलू भी न छुए
मरना मुझे था आलू खाकर और मर वो गई आलू न खाकर...

झूले की रस्सी

तुम्हें याद है वह दिन जब तुम झूले से गिर गई थीं
उस दिन तुम्हारे माथे से जो ख़ून गिरा था
उसमें एक लड़के का थोड़ा-सा पसीना भी मिला था
वह लड़का जिसने वह झूला घाला था
जिससे तुम गिर गई थीं

दिमाग़ का काम बेशक याद रखना नहीं होता
दिमाग़ का काम होता है कुछ नया रचना
फिर भी हर किसी की ज़िन्दगी में कुछ ऐसे शानदार चलचित्र होते हैं
जिन्हें दिमाग़ अनचाहे ही सुरक्षित रख लेता है
तुम वही चलचित्र हो

तुम्हारी माँ ने उस रोज़ तुम्हें दवाई भी लगाई
और दो थप्पड़ भी रसीद किए
तुम पूरा एक घंटा रोईं
मेरी निगाहें घड़ी की सुइयों पर थीं
और कान दीवारें फाँदकर तुम्हारे आँगन में कूद गए थे
वे वापस लौटे
तो एक उदासी लेकर
फिर मेरा किताब पढ़ने में मन नहीं लगा
मैंने रस्सी का झूला पेड़ पर फिर कभी नहीं घाला
तुम फिर कभी नहीं झूलीं

मेरे भीतर की ग्लानि और तुम्हारे भीतर का डर
बरसों बैठे रहे एक मुँडेर पर
पर न तुम बोलीं न मैंने कुछ कहा

बाद के वर्षों में हम अलग-अलग जगहों के बाशिन्दे बने
मैं तुम्हारे नाम से बिना पते के ख़त लिखता रहा
और तुम कोरे पोस्टकार्ड सँभालकर अलमारी में रखती रहीं
तुमने उनमें न फूल बनाए, न पत्तियाँ

मैं अपना पसीना खेत में बहाता रहा
और तुम अपना ख़ून रसोई में जलाती रहीं

झूले की रस्सी रखी-रखी गल गई...

मछलियाँ

मेरी बेटी सो रही है
बिस्तर उसके लिए जल है
वह जल में मछली की तरह तैर रही है

जब वह मेरे पेट में थी तो मछली की तरह ही जिया करती थी
मेरी आदिम नानी भी मछली ही थी
और मैं जल से डरती हूँ

कितनी मूर्ख हूँ मैं!
जलजीवी होकर जल से डरती हूँ।

गिलहरी

घास पर फुदकती गिलहरी तुम्हारे पास आई
तुम्हारी नर्म अँगुलियों से चिप्स खाकर पेड़ के पास चली गई

मैं देखते हुए यह दृश्य सोच रही थी
जैसे मैं भी गिलहरी हूँ

तुम्हारे नर्म हाथों का भरोसा मुझे बहुत पास खींच लाया
मैं घास पर लेटी रही

मैं पेड़ के नीचे नहीं, मैं घर में छिप गई
जैसे मैं भी ढूँढ़ रही थी कोई सुरक्षित स्थान उस गिलहरी की तरह

उसे तुम्हारे हाथ से खाना भी था और तुम से डर के भागना भी था
मैं भी तो गिलहरी हूँ इन दिनों

मुझे तुम्हारे हाथ को सूँघना भी है और तुम से डर के भागना भी है
मगर ये डर किससे है, तुम्हारी अँगुलियों से!

या बहुत सारी अँगुलियों से जो मेरी तरफ़ इशारा कर रही हैं

मैं गिलहरी की तरह अपने पेड़ पर सुरक्षित क्यों नहीं फुदक सकती
मेरा ध्यान उन अँगुलियों की तरफ़ क्यों है

मैं तुम्हारी गोद में सिर रखकर घास पर क्यों नहीं लेट सकता
क्यों नहीं चूम सकती तुम्हारे होंठ बहुत देर तक

मैं डर कर भाग रही हूँ
या मैं ख़ुद से भाग रही हूँ

मुझे तुमसे प्रेम हो गया है
मैं ये कहते हुए क्यों छिप जाना चाहती हूँ अपने घर में

वे कौन से सख़्त हाथ हैं जो प्रेम शब्द सुनते ही कर देंगे मेरे टुकड़े-टुकड़े
मैं काँच तो नहीं हूँ न, मैं देह हूँ, पर मुझमें तो दिखोगे तुम ही तब भी

मेरे ख़ून में बह रहे हो तुम, तुम्हारे ख़ून में मैं
तो वे कौन हैं जो कह रहे हैं: तुम्हारा ख़ून ख़ून है, मेरा ख़ून पानी है

तुम्हारे हाथ में भोजन है, मेरे पेट में भूख है
तो वे भूख को छोटी और भोजन को बड़ा क्यों कहते हैं

मुझे क्यों फ़र्क़ पड़ता है किसी के कहने से
मैं तो गिलहरी हूँ न

मुझे तो फ़र्क़ पड़ना चाहिए तुम्हारी नरम अँगुलियों की छुअन से
मैं तुम्हारी देह पर भी तो फुदक सकती हूँ!

मुफ़्त प्रेम

मैंने सुना था
इस दुनिया में कुछ भी मुफ़्त में नहीं मिलता
हर मुफ़्त चीज़ की क़ीमत
कभी न कभी चुकानी होती है
इसलिए मैंने चीज़ें नहीं ख़रीदीं
प्रेम किया
बदले में मुझे 'और अधिक प्रेम' मिला
इस प्रेम में 'अधिक' की क़ीमत मुझे ज़िन्दगी-भर चुकानी पड़ी।

कुर्सी, कौए और गुलाब

एक कवि होने का परिणाम यह हुआ
कि जो कविताएँ तुम्हारी तरफ़ से लिखी जानी थीं
वे भी मैंने लिख लीं
जो गाने तुम्हें सुनने थे, वे भी मैंने सुन लिये
दिल तुम्हारा हल्का होना था और मैंने अपना दिल हल्का कर लिया।

जिस अफ़सर की कुर्सी की टाँग के नीचे मेरी गर्दन दबी है
तुम्हें उसे शिकायती पत्र लिखना था पर वह काम भी मैंने सम्पन्न कर लिया
अब वह अफ़सर मेरी मूर्खता पर हँस रहा है।

नदी का जिस शहर से दूर-दूर तक नाता नहीं
उस शहर में बातों की नदी बह रही है
इस नदी में तुम्हें धसकना था पर इसमें मैं धसक रही हूँ
किनारे बैठे कौए मेरे मुँह पर चोंच मार रहे हैं
और तुम घाट पर बैठ-बैठे इस वीभत्स दृश्य में अद्भुत रस देख रहे हो।

अपनी पीठ पर लदे बेताल को उतारकर तुमने मेरी पीठ पर सवार कर दिया
अब वो धीरे-धीरे मेरा बायाँ हाथ काट रहा है, क्योंकि ये हाथ कभी उदात्त भाव से भरा था
बेताल के बोझ से पीठ तुम्हारी टूटनी थी
हाथ तुम्हारा कटना था
पर पीठ मेरी टूट रही है, हाथ मेरा कट रहा है।

और तुम कहते हो सुन्दर कवयित्री होने पर सिर्फ़ वाह-वाह होती है
एक निर्दयी कैंची से लत्तों की तरह कतर कर रख दिया तुमने मेरा मन
अब जब इन कतरे लत्तों से मैंने गुलाब का फूल बना लिया
तो तुम कह रहे हो कृत्रिम हैं मेरे फूल
इन फूलों से घर तुम्हारा सजना था, पर घर मेरा सज रहा है।

पिशाच

वह हमेशा बोलता :
"मैं इनसान नहीं पिशाच हूँ"
और मैं इसे मानती किसी इनसान की ईमानदार अभिव्यक्ति ख़ुद के बारे में
मैं इसे मानती किसी नंगे शासक को नंगा कहने का साहस
मैं मानती हर व्यक्ति अन्दर से पिशाच है
मैं मानती नर पिशाच है और कुछ मामलों में मादा से बड़ा पिशाच भी

पिशाच के बारे में कई कथाएँ सुन रखी थीं मैंने
पर उन कथाओं पर कभी यक़ीन नहीं हुआ उस तरह
जिस तरह उनमें वर्णन होता था पिशाच का
मसलन पिशाच सिर्फ़ रात में आता है, ख़ून पीता है और सुबह होते ही ग़ायब!
मैंने उसे ख़ून पीते हुए तो नहीं, हाँ गोश्त खाते हुए ज़रूर देखा—

वह गोश्त खाता और मैं इसे मानती पेट की ज़रूरत
मैं फिर वकालत करती कि गोश्त ज़रूरी है इनसान के विकास के लिए
पर यह गोश्त किसका हो मुर्ग़े का, बकरे का या इनसान का?
यह सवाल अक्सर बन्दूक़ की तरह दनदनाता मेरे दिमाग़ में।

एक दिन सुबह होते ही वह ग़ायब हो गया
मैंने इसे माना किसी चिन्तक का एकाएक मौन हो जाना
गोया यह भी एक ज़रूरी परिघटना हो सभ्यता के विकास की तरह।

वह पिशाच ही था इनसान के भेष में
और जिस सच की वह बात करता था

वह इनसान की नहीं, पिशाच की ईमानदार अभिव्यक्ति थी
इसका सीधा-सा अर्थ था पिशाच ज़्यादा ईमानदार है इनसान के बनिस्बत

मैंने निष्कर्ष निकाला :
इनसान का जो दिमाग़ है वह एक लबादा है
इस लबादे के भीतर है चालाकी
यही चालाकी उसे सिखाती है सत्ता का प्रपंच
इसके प्रयोग से ही वह गढ़ता है ग़ुलाम
आदम के इस ग़ुलाम और पिशाच के उस गोश्त में मुझे कुछ समानताएँ दिखीं
जैसे दोनों ख़ुराक हैं, शासक और पिशाच की
पर तब तक ही जब तक ग़ुलाम और गोश्त दोनों का रंग सफ़ेद है।

भोजन

बहुत सारे बच्चों की तरह मुझे भी बचपन में गोश्त खाने को नहीं मिला
बहुत सारे बच्चों की तरह मुझे भी साग खाने की ट्रेनिंग दी गई

परिणामस्वरूप गोश्त खाने वाले बच्चों को मैं मांसाहारी कहकर चिढ़ाने लगी
और शाकाहारी कहकर सालों तक मैंने स्वयं का श्रेष्ठताबोध जगाए रखा

फिर वयस्क होकर जिस कढ़ाई में गोश्त पका हो, उस कढ़ाई में बने हुए सालन से मुझे घनघोर दिक़्क़त होने लगी

मेरे लिए पानी से धुलना काफ़ी नहीं था
गंगाजल से पवित्र किया गया है— इस पंक्ति पर मेरा गहरा विश्वास बन गया

इससे पहले कि मेरा विश्वास पागलपन की हद तक बढ़ पाता मेरे हृदय से आस्था समाप्त हो गई और तर्क ने मस्तिष्क में अपनी स्थायी जगह बना ली

आज भी मैं शाकाहारी हूँ हालाँकि वीगन होने के बारे में मैंने कई बार विचार किया
पर हर बार चप्पलों, बैगों, घड़ियों का शौक़ आड़े आ गया

मैं कभी समन्दर किनारे बस गई
तो भूख में उन मछलियों को भी खा सकती हूँ जिनसे प्रेम करने का दावा मैं एक कविता में कर चुकी हूँ

प्रेम तो मुझे आलू, गोभी, मिर्च, बैंगन, ग्वार की फली इत्यादि से भी है तो उसे भी तो मैं खाती ही हूँ

मुझे पता है तोरई की बेल के भी कान होते हैं
पेड़ भी अवसाद में टेढ़े-मेढ़े हो जाते हैं
बस उन्हें हमारी तरह चलना-बोलना नहीं आता, इसलिए हम उन्हें हज़ारों सालों से वस्तुओं की तरह भोग रहे हैं

हालाँकि मैं जानती हूँ मछली और ग्वार की फली में फ़र्क़ है
पर फलियाँ कुर्सी, टीवी, बॉक्स, बिस्तर इत्यादि भी तो नहीं हैं

वस्तुओं का अत्यधिक उपभोग बुरा है और प्राणियों का अत्यधिक उपभोग ख़तरनाक
फिर भी हम अपनी विलासिता के लिए प्राणियों को बदन पर सजाते हैं
हाँ बस उन्हें भोजन के रूप में खाना छोड़ देते हैं
यदि मैं जंगल में बस गई तो अपने प्रिय साँपों को भी खा जाऊँगी
जिन्हें नागदेवता कहकर एक आत्मनिष्ठ संस्कृति दूध पिलाती आई है
हो सकता है पहली बार खाते समय मैं उल्टियाँ करूँ
फिर मेरी जिह्वा को आदत हो जाए साँप के स्वाद की
मुझे नहीं मालूम बहुत दिनों तक भोजन न मिला हो तो भूख में इनसान कैसे प्रतिक्रिया करता होगा?

मैंने गायों को पन्नियाँ खाते तो देखा है...

मेरा अनुमान है जब मैं भूखी होऊँगी तो अपने पूर्वजों की तरह प्रतिक्रिया करूँगी।

हड्डियाँ

हड्डियाँ तो देखी होंगी तुमने
अरे तुम तो युद्धस्थल से लौटे हो घायल सिपाही!
तुमने तो मरते हुए दोस्त
सड़ते हुए दुश्मन देखे होंगे
मैंने तो सिर्फ़ गाय, कुत्ते और बकरी की हड्डियाँ देखी हैं

हड्डी देखकर मन कैसा व्याकुल हो उठता है?
बार-बार एक ही ख़याल आता है :
काश इस हड्डी पर मांस चढ़ जाए!
मैं देखना चाहती हूँ मांस चढ़ने के बाद वो हड्डी फिर कैसी दिखती होगी?
कैसे बनता होगा जीव?
चलता-बोलता जीव?
सिपाही, हड्डियाँ तो सभी एक जैसी दिखती हैं न!

तुम अपने घावों को देखो
जिनसे बह रहा है रक्त
और मेरे अश्कों से इनकी तुलना करो।

अपने प्रिय को हड्डी में बदलते देखना कितना कष्टदायक है घायल सिपाही!
कोई ये बात उससे पूछे जिसने अपने प्रिय को चिता की आग में जलाया हो
फिर उसकी हड्डियों को बीनकर गंगा में बहाया हो।

नदियाँ हड्डियों को पवित्र नहीं करतीं
न कोई आत्मा होती है हड्डियों में बदलने के बाद

चौरासी लाख योनियों में भटकने के लिए
फिर भी गंगा मैया ढो रही है हड्डियों को।

घायल सिपाही तुम न कौरव हो, न पांडव हो
जिसे हस्तिनापुर का सिंहासन मिलने वाला हो
तुम तो एक मज़दूर के बेटे हो
तुम्हें तो मज़दूरी के लिए भी सिर फोड़कर रक्त बहाना पड़ता है।

सिपाही, तुम त्याग दो युद्ध से प्राप्त हुई इस निर्मम महानता को
हड्डियों से भी डरावनी होती हैं ऐसी महानता की शक्लें...

अकाल

जिसने अकाल देखा हो वह थोड़ा-सा गेहूँ हमेशा बचाकर रखता है
बेशक उस गेहूँ में घुन लग गया हो
अकाल देख चुका व्यक्ति उस गेहूँ को फेंकता नहीं
वह अपना ज़रूरी समय घुन बीनने में गँवाता है
वह इन्तज़ार करता है खिलकर आई धूप का
उछल-उछलकर बहते पानी का
वह धोता है गेहूँ, सुखाता है, परेवा उड़ाता है, फटकता है, बीनता है,
एक पीपा भरकर अपने घर के कोने में रखता है
जिसने अकाल देखा हो...

अकाल को देखना ऐसा ही होता है
अकाल हमेशा रहता है उसके मन में
एक समय के बाद मन से सब उतरता जाता है
पर अकाल नहीं उतरता
नहीं मिटती पेट से उसकी स्मृतियाँ

कलकत्ता की सड़कों पर भूख से मर चुके मनुष्यों की लाशें बिछी हैं
भूख से व्याकुल क़ैदी औरतें खा रही हैं अपने शिशुओं को
ईश्वर ने स्वर्ग से भेजा है अपनी संतानों के लिए अकाल
राजा ने भेंट किया है अपनी प्रिय प्रजा को अकाल

ऐसी क्रूर कल्पनाएँ करती हैं पीछा अकाल देख चुकने के बाद

मगर जो अकाल के बाद आया है उसे आश्चर्य होता है :

कोई घुन लगे गेहूँ को भला खा सकता है क्या?
कीड़े भी कोई खाता है क्या?

एक नस्लद्वेषी हँसता है :
चीनी साँप खा जाते हैं
चीनी चमगादड़ खा जाते हैं
चीनी जानवरों के लिंग खा जाते हैं...

अकाल में पैदा हुआ बच्चा सब खाता है
जंगल में बड़ा हुआ मनुष्य जानवरों की तरह बोलता है
रेगिस्तान में फँसा शुद्धतावादी अपनी पेशाब पीकर प्यास बुझाता है

अकाल देख चुका व्यक्ति थोड़ा-सा गेहूँ बचाकर
अहिंसक परम्परा में अपना थोड़ा-सा योगदान देता है।

कार्बन

हाड़-मांस का जीता-जागता-बोलता-बिलखता एक पूरा का पूरा इनसान
अचानक एक दिन मरकर कहाँ चला जाता है?

कोई तो जगह होगी जहाँ वह जाता होगा
कोई तो रास्ता होगा जो उस जगह तक जाता होगा
फिर क्यों नहीं मालूम किसी को उस रास्ते के बारे में

मैं नहीं मानती कि इनसान सबसे आख़िर में मिट्‌टी हो जाता है
नहीं मानती कि नचिकेता यमराज के पास जाकर मृत्यु का रहस्य पता करके आया था
मुझे सब बक लगता है
तो मरने के बाद इनसान सबसे आख़िर में मांस-मिट्‌टी-राख की यात्रा तय करने के बाद कार्बन बन जाते हैं क्या?
रहने लगते हैं आवर्त सारणी के सभी तत्त्वों के साथ
बनाने लगते हैं आपस में मिल-मिलकर तरह-तरह के यौगिक विपरीत स्वभाव और शक्ल वाले

मरने के बाद क्या सब इनसानों के साथ प्रकृति एक जैसा व्यवहार करती होगी
इतनी विविधताओं के बीच क्या सबका अन्त एक जैसा होता होगा?

कोई-कोई फ़ासिल बनकर
शताब्दियों के बाद बाहर आता होगा अपने सम्पूर्ण दस्तावेज़ों के साथ
आकर सिद्ध करता होगा अपने युग की प्रासंगिकता

फिर जब तेल के कुओं पर युद्ध की बात छिड़ती होगी तो तेल के कुओं से
निकलने लगते होंगे मुर्दे
फिर जब ग़रीब देशों को लूटने के दावे किए जाते होंगे तो हीरे की खदानों
से निकलने लगते होंगे मुर्दे
हज़ारों-हज़ारों सालों से पेड़-पौधे-जीव-जंतु-इनसान मर रहे हैं
मर कर कहीं जा रहे हैं
न जाने कहाँ जा रहे हैं?
किसी ने मेरे कान में धीरे-से फुसफुसाया है, "कार्बन बनकर तुम्हारे पेट में
भी तो जा रहे हैं मुर्दे।"

इत्रवाले

वे आए इस तरह कि फैल गई पूरे क़स्बे में सुगन्ध ही सुगन्ध
सबने पूछा कहाँ से आए हो,
वे बोले मथुरा से
सबने पूछा क्या लाए हो,
वे बोले इत्र :
गुलाब का इत्र,
चमेली का इत्र,
बेला का इत्र,
चन्दन का इत्र,
राधा के अधरों का इत्र
जिसमें घुल गई कृष्ण के अधरों से निकली लार...

वे कपड़ों से सुगन्ध इस तरह चिपका जाते कि
कई-कई दिनों तक सुगन्ध उसी जगह बनी रहती
याद दिलाती रहती उनके बूढ़े बदन से आती सुगन्ध
वे पोंछ देते किसी स्त्री के दुपट्टे से चन्दन की महक वाले हाथ

बहुत से लोग कहते कि ठग हैं वे
मीठी-मीठी बातें करके भोली-भाली औरतों और आदमियों से ऐंठ ले जाते हैं पैसे

इत्र बेचने वाले गद्गद होते हुए आते,
गद्गद होते हुए जाते
उनके कपड़े होते बेहद साधारण, बहुत मैले, उनके पास होता चमड़े का एक बैग

और छोटी-छोटी दो ग्राम, तीन ग्राम, पाँच ग्राम और दस ग्राम की काँच की शीशियाँ

उन शीशियों में रात के अँधेरे में घोला जाता इत्र
ठहर-ठहरकर ली जाती ख़ुश्बू
और याद किए जाते बिछड़े प्रेमी और प्रेमिकाएँ
याद किए जाते वे पल जिनमें एक साधारण से मनुष्य ने
एक साधारण से मनुष्य के साथ रचाया था रास

जब दुबारा मिलन होता
तो भेंट किए जाते अपनी-अपनी पसन्द के इत्र
इस इत्र से महबूब को नहलाया जाता
फिर गहरी-गहरी साँस लेकर बसाया जाता
उसे अपने ज़ेहन में हमेशा-हमेशा के लिए

वियोग के दिनों में वह सुगन्ध साथ देती
इस तरह जैसे वियोगी और वियोगिनी के सखी और सखा देते हैं साथ

नींद आ जाती
दु:ख हल्के पड़ जाते
चेहरे चमक उठते
इत्र वाले सिर्फ़ इत्र कहाँ लाते थे,
लाते थे मथुरा से इत्र में चुपचाप घोलकर एहसास
ज़िन्दगी को ख़ूबसूरत, मानीख़ेज़ बनाकर
क़स्बे की सबसे खटारा बस में बैठकर
लौट जाते किसी दूसरे शहर की यात्रा पर इत्रवाले

बड़े मौज़ूँ क़िस्म के लोग थे इत्रवाले
जहाँ जाते थे ख़ुश्बू बिखेर देते थे।

ग़ुलाम

पहले वे ग़ुलाम थे
फिर वे ग़ुलाम नहीं रहे

राजा ने घोषणा की—अब ग़ुलाम और आज़ाद के साथ बराबरी बरती जाएगी

राज्य की सबसे ऊँची दीवार पर रोटियाँ टाँग दी गईं
और कहा जिसे भूख हो दौड़कर ले ले
आज़ाद दौड़े और रोटियाँ खा लीं
ग़ुलाम भी पहली बार दौड़े पर रोटियों तक न पहुँच पाए

राज्य के वित्तमंत्री ने मुफ़्त कपड़ों की एक दुकान खोली
दुकान पर एक बोर्ड लगवाया :
'कोई नंगा न रहे, सभी कपड़े पहन लें'
आज़ाद आए और सबसे सुन्दर कपड़े छाँटकर पहन लिए
ग़ुलामों के भाग्य में फिर से वही बचे-खुचे ख़राब कपड़े आए

राज्य के सबसे बड़े व्यापारी ने मकान बनाकर सस्ती दरों पर बेचे
आज़ाद आए और सारे मकान ख़रीद लिए
ग़ुलाम आए और ख़ाली हाथ वापस लौट गए

राज्य में एक बैठक आयोजित की गई
उसमें ग़ुलामों की क्षमताओं पर सन्देह व्यक्त किया गया

निष्कर्ष निकाला गया कि मुफ़्त और सस्ते संसाधनों को बाँटने का कोई अर्थ नहीं,
राज्य के विकास के लिए संसाधनों को महँगा कर दिया जाए

ग़ुलामों ने हाय-हाय की
राज्य के सेनापति ने सबको उठाकर जेल में डाल दिया
ग़ुलाम जेल में पानी की दाल खाकर इंक़लाब की बातें करने लगे
जेल अधिकारी को बड़ी चिन्ता हुई
उसने राजा को पत्र लिख दिया :
'महाराज, ग़ुलामी की प्रथा फिर से शुरू करें।'

राजा ने जवाब में लिखा :
'तीर कमान से निकल चुका है,
अब मुझे पूरा ध्यान बस गद्दी बचाने पर लगाना है।'

राज्य के कवियों ने दरबार में जाकर विरुदावली गाई
सभी कवियों की रचनाओं के नायक आज़ाद थे
ग़ुलाम को किसी कवि ने नायक नहीं बनाया

ग़ुलाम को नायक मानने वाले कवि भी जेल में बन्द कर दिए गए थे
क्योंकि उन्होंने अपनी कविताओं में लिखा था :
'ग़ुलाम को बराबरी के साथ थोड़े ज़्यादा दुलार की
थोड़ी ज़्यादा देखभाल की
थोड़े ज़्यादा प्यार की ज़रूरत है'

आज़ाद बुदबुदाए :
'आरक्षण माँग रहे हैं साले!'

राज्य के विद्वानों ने कहा :
'न भाषा, न शिल्प; ये कवि नहीं हो सकते,
ये कुंठा अभिव्यक्त करने वाले ग़ुलाम हैं, ख़ारिज करो इन्हें...'

ग़ुलामों ने जेल में एक सुर में नारे लगाए, गीत गाए, कविताएँ सुनाईं, बहसें कीं...
राज्य कुछ नहीं कर सका
क्योंकि वह जानता था
मौत से बदतर ज़िन्दगी जीने वाला ग़ुलाम मौत से नहीं डरता!

सफ़ेद रंग की प्रेमिका

वह काला था
क्योंकि उसकी माँ ने खाया था काला लोहा
मुझे पसन्द था काजल
उससे मिलने के बाद मैंने पहली दफ़ा जाना
काले रंग की ख़ूबसूरती, आकर्षण और ताक़त को
उसकी सोहबत में मेरी बटन आँखें
बैलगाड़ी का पहिया हो गईं
मैंने उनसे देखा
नग्न भारतमाता
धरती पर दहाड़ मार-मार कर रो रही हैं
उनके लम्बे घने काले बाल ज़मीन पर जंगल बने थे
जंगल के बीच-बीच में गड्ढे थे जिनमें रक्त भरा था
मैंने आँखें बन्द कर लीं
क्योंकि वे अक्सर ऐसी तस्वीरें देख लेती थीं
जिन्हें देखने के बाद ज़िन्दगी के फ़लसफ़े बदल जाते हैं।

मुझे वे सारे रंग याद हैं
जिन्हें पहनकर मैं उससे मिलने जाती थी
उस रात भी मैंने काला रंग पहना था
वह रात भी काली थी
और काली थी वह देह भी
हम थे अदृश्य और मौन
हम दो ही थे उस दिन इस पृथ्वी पर
तीसरा कोई नहीं था

ईश्वर भी नहीं
उस रात के बाद सफ़ेद सुबह हुई
मैं उससे बिछड़ गई
और वह मुझसे

मुझे फिर धीरे-धीरे काले रंग के सपने भी आने बन्द हो गए
मुझे काला रंग उतना पसन्द भी नहीं रहा
पसन्द तो मुझे सफ़ेद रंग भी नहीं था
पर यह बात मैंने सबसे छिपाकर रखी
जो रंग चढ़ाओ
वही चढ़ जाता है इसके ऊपर
कोई 'नहीं' नहीं दिखता
'हाँ हाँ' दिखती है बस
यही बात परेशान कर जाती है इस रंग की मुझे
हाँ! इसे मिट्टी का सबक़ सिखाया जाए
कीचड़ में घुसाया जाए
रोटी-सा तपाया जाए
तब कुछ ख़ासियत बनती है

मेरा रंग भी सफ़ेद है—
फक् सफ़ेद
पिछले दिनों वह मुझे फिर मिला
जैसे वैज्ञानिक को मिल गया हो वह सूत्र
जो दिमाग़ की नसों में कहीं खोया था सालों से
उसे केसरिया रंग पसन्द है
मुझे भी पसन्द है यह रंग लेकिन रंग की तरह ही
मेरे नए जूते इसी रंग के हैं
जिन्हें मैंने अपने हाथों से बनाया है
मेरे पास कुछ मांस था
मैं उससे बना सकती थी कुछ और भी
पर मैंने जूते बनाए।

"उनके चंगुल से आज़ाद करके लाऊँगा इस रंग को
जिन्होंने इसे क़त्लगाह में तब्दील कर दिया
एक दिन इसी रंग को अपने शरीर पर घिस-घिसकर बनाऊँगा आग
और जलाऊँगा उन्हें
जिन्होंने इसका इस्तेमाल लाश बोने में किया
सिंहासन उगाने में किया"

इन्हीं सफ़ेद हाथों से मैंने उसे टोका :
सिर्फ़ उन्हीं को जलाना जो सूखे हैं और सड़ चुके हैं
जिनसे कोई कोंपल फूट नहीं सकती
चाहे कितना भी सूरज डालो
चाहे कितना भी दो पानी
जिनमें बाक़ी हो हरापन उन्हें मत जलाना
क्योंकि हरा रंग जलता है तो धुआँ भर जाता है चारों तरफ़
जलाने वाले का दम भी घुटने लगता है
और कभी-कभी तों आग ही बुझ जाती है
इस तरह सूखे भी बच जाते हैं साबुत।

मैंने हरा रंग भर लिया है अपने भीतर
मेरे पैरों में हैं केसरिया जूते
मैंने पहन लिया है काला लोहा
मेरी माँ ने गर्भावस्था के दौरान पिया था जिस 'गाय का दूध'
उसकी मौत के बाद एक शहर ही दफ़्न हो गया उसके शव के नीचे
उस शहर के प्रेत ने मुझे अभिशाप दिया था
सफ़ेद रंग की प्रेमिका होने का।

ये काले केसरिया हरे गन्दले रंग
मुक्ति के मंत्र हैं
ये मंत्र मैंने उस औरत से लिखवाए हैं
जो सचमुच का काला लोहा खाती है
जिसका शरीर रोटी का तवा है।

प्रकाश-संश्लेषण

महीनों से एक हवाबन्द डिब्बे में रखी पुरानी मूँग को जिस तरह मिला पानी,
मिली वायु, मिला प्रकाश, मिला समय ठीक उसी तरह तुम मुझे मिले...

मगर ठहरो इस कविता में तुम्हारे अतिरिक्त एक 'अन्य' भी है
और वह इस अंकुरित मूँग को खा जाना चाहता है, जबकि उसे ज़रा-सी भी भूख नहीं...
दरअसल उसे खाने का बहुत शौक़ है, वह दिन-रात खाया करता है और कंठ तक आत्मविश्वास से भरा हुआ है

'भूख न होने पर भी खाना हिंसा है', यह ज्ञान मैंने शेर से लिया है, हालाँकि मैं शेर से सिर्फ़ चिड़ियाघर में मिली हूँ

इस समय जिस शहर में बैठकर मैं लिख रही हूँ, उस शहर में भुखमरी फैली है और
वह कह रहा है : भूख ख़राब चीज़ है!

इस तरह औरों की भूख उसके ज़ेहन में वस्तु की तरह निवास कर चुकी है

भूख की ख़राब आदत से लोगों को बचाने के लिए उसने दुकानें खोली हैं, अस्पताल खोले हैं, खोले हैं धार्मिक स्थल
वहाँ भूख का व्यापार हो रहा है, भुखमरों को भूख रोकने की टेबलेट बाँटी जा रही है, लम्बे-लम्बे वक़्तव्य दिए जा रहे हैं, मंत्रजाप हो रहे हैं...

मूँग को वह खा चुका है!
और अब मेरे शहर को वह खा रहा है—

तुम इस शहर को भी थोड़ा पानी दो!
तुम इस शहर को भी थोड़ी वायु दो!
तुम इस शहर को भी थोड़ा प्रकाश दो!
तुम इस शहर को भी थोड़ा समय दो!

मैं चाहती हूँ मेरा शहर वनस्पतियों की तरह प्रकाश-संश्लेषण की क्रिया सम्पन्न करे
मेरा शहर आत्मनिर्भर बने
और स्वयं को उस 'अन्य' से बचा ले, जिसने इस कविता को 'प्रेम कविता' बनने के सुख से वंचित कर दिया।

विविधता

तुम पीपल का पेड़ हो
और मैं आम
न तुम मुझे पीपल बनने को कहना
न मैं तुम्हें आम

एक तरफ़ बाग़ में तुम खड़े होगे
और एक तरफ़ मैं

मेरे फल तुम्हारे पत्ते चूमा करेंगे
और तुम्हारे फल मेरे पत्तों को आलिंगन में भर लेंगे

जब बारिश आएगी
हम साथ-साथ भीगेंगे

जब पतझड़ आएगा
हमारे पत्ते साथ-साथ झरेंगे

धूप में देंगे हम राहगीरों को छाँव
अपनी शाखाओं की ओट में छिपा लेंगे हम
प्रेम करने वाले जोड़ों की आकृतियाँ

हम साथ-साथ बूढ़े होंगे
हम अपने-अपने बीज लेकर साथ-साथ मिलेंगे मिट्टी में

हम साथ-साथ उगेंगे फिर से
मैं बाग़ के इस तरफ़, तुम बाग़ के उस तरफ़
न मैं तुम्हें अपने जैसा बनाऊँगी
न तुम मुझे अपने जैसा बनाना

अगर हम एक जैसा होना भी चाहें तो यह सम्भव नहीं
क्योंकि इस संसार में एक जैसा कुछ भी नहीं होता
एक माता के पेट में रहने वाले दो भ्रूण भी एक जैसे कहाँ होते हैं...

फिर हम-तुम तो दो अलग-अलग वृक्ष हैं, जो अपनी-अपनी ज़मीन में गहरे तक धँसे हैं

हम किसी बालकनी के गमले में उगाए गए सजावटी पौधे नहीं
जिसे तयशुदा सूरज मिला, तयशुदा पानी मिला और नाप कर हवा मिली

हम आम और पीपल हैं!

तिलिस्म

मैं आज तक ऐसे बाप से नहीं मिली जो अपने बेटे को किसान बनाना
चाहता हो
न मिली हूँ ऐसी माँ से जो बेटे को भारतमाता का सिपाही बनाकर जंग
पर भेजने की ख़्वाहिश रखती हो

मुझे ताज्जुब होता है
जब कोई प्रसिद्ध मंचीय कवि वीर रस की कविता सुनाने के बाद
चिल्लाकर कहता है
'जय जवान, जय किसान'
और वहाँ बैठे श्रोताओं की आँखें ताली बजाते-बजाते गर्व से भर जाती हैं

मैंने कभी उन गर्व से भरी आँखों में
ख़ून के आँसू नहीं देखे
मैंने कभी उन गर्व से भरी आँखों में
पसीने के आँसू भी नहीं देखे

मैं ऐसी बहुत-सी माँओं, बीवियों और बहनों से मिली हूँ
जिनके बेटे सियाचीन की ठंड में सिकुड़कर मर गए
जिनके शौहर राजस्थान की रेत में झुलसकर जवानी में ही जर्जर, पुराने और
मैले हो गए
जिनके भाई बस्तर के जंगलों में भटकते-भटकते अफ़सरों के हाथों की
कठपुतली हो गए

ये सब के सब किसी 'विजय' के लिए नहीं
'रोज़गार' के लिए भर्ती हुए थे फ़ौज में
जैसे बाक़ी बचे हुए डॉक्टर, इंजीनियर, अध्यापक, चपरासी, सफ़ाईकर्मी
इत्यादि बन गए वैसे ही ये फ़ौजी बन गए थे

जो ये भी नहीं बन पाए और जिनके पास खेत थे
वे किसान बन गए
जिनके पास खेत भी नहीं थे
वे दूसरों के खेतों में काम करने वाले दिहाड़ी मज़दूर बन गए

जब पानी की कमी से फ़सलें सूखीं तो ये रोये
जब बारिश और ओले इनकी फ़सलों पर गिरे
तो ये फिर रोये
ये बार-बार रोये और कुछ तो ख़ुदकुशी करके मर भी गए

जब ये नए-नए जवान हुए थे तो शाहरुख ख़ान और सचिन तेंदुलकर बनने के ख़्वाब देखते थे
मगर इनके ख़्वाब अठारह में ही टूट गए तब
जब इन्हें दुश्मन से लड़ने का अभ्यास कराने के दौरान पिट्ठू बाँधकर मेढ़क की तरह दौड़ाया गया
जब इन्हें सूरज के सामने बिठाकर फ़सल काटने का आदेश दिया गया

इन सैनिकों को नहीं मालूम कि कितने वीर रस के कवि इनको विषय बनाकर पड़ोसी मुल्क की जीभ खींचने का अरमान पाल रहे हैं
इन किसानों को नहीं मालूम कि यथार्थवादी कविताओं को इनकी कितनी ज़रूरत है

ये अपनी क़िस्मत को कोसते हैं
इन्हें लगता है इनकी ज़िन्दगी में कुछ भी दिलचस्प नहीं
अपने छोटे-छोटे हाकिमों के लिए गन्दी-गन्दी गालियाँ बुदबुदाते हुए
आधी रात को उठकर लाल चौक पर ड्यूटी करने जाने वाले ये जवान

सबेरे-सबेरे जल्दी उठकर सिंघाड़े के लिए दलदल में उतरने वाले ये
किसान

उस सबसे बड़े 'हाकिम' के तिलिस्म के बारे में ज़रा-सा भी नहीं जानते
जिसने इन्हें 'जिन्न' में बदलकर अपनी ज़िन्दगी ख़ासी दिलचस्प और रंगीन
बना रखी है।

आलूपराँठा

एक ही पराँठे को आधा-आधा खाते हुए
एक दूसरे के माथे को चूमते हुए
एक दूसरे की कविताओं से प्रेम करते हुए
नहीं बता पाई मैं तुम्हें वो घटना जो मुझे तुम्हें सालों से बतानी थी

मेरा मन बना रहा जैसे काठ की कटोरी
मेरी देह जैसे काठ की कटोरी में परोसी गई धनिए की हरी-हरी चटनी
उसके साथ तुम्हारे हाथ का बना आलूपराँठा खाने के लिए मैं आई पिता-भाई-चाचा की पगड़ियों को हवा में उछाल कर..और तुम्हें लगा मैं बड़ी क्रान्तिकारी हूँ
क्योंकि तुम नहीं जानते थे वो जो मैं तुम्हें सालों से बताना चाहती थी
कि जब मैं पाँच में थी
तो मेरी एक सहेली हुआ करती थी
उसका नाम याद नहीं
चलो मैं उसका नाम 'क' रख देती हूँ
'क' के साथ मैं कन्याशाला में खेला करती थी सर्दियों की धूप में गुट्टे
कन्याशाला की मैडम सर्दियों की धूप में स्वेटर बुना करती थीं
कन्याशाला के सामने सरस्वती शिशु मन्दिर था, मैडम की दोनों बेटियाँ उसी में पढ़ा करती थीं
'क' से बातें हुआ करती थीं : धरती-जहान की, नगर-गाँव की, सुबह-शाम की
एक दिन मैंने उससे कहा—आलूपराँठा खाने का बड़ा मन है
'क' बोली मैं अपनी मम्मी से कल बनवा के लाती हूँ
फिर मेरी बात 'ख' से हुई
उसने कहा : तुम उस तेलिन के घर का पराँठा खाओगी?

उसने कहा : वह नीच जात और हम ऊँची जाति वाले!
मैंने कहा : जात किसने बनाई?
उसने कहा : भगवान ने...
मेरी दादी ने बताया है, मेरी ताई ने बताया है, मेरी मम्मी ने बताया है...
दूसरे दिन 'क' आई, उसके टिफ़िन में नरम-नरम आलूपराँठे थे
मैंने कहा : मुझे भूख नहीं...
फिर धीरे से 'ख' बोली : इतने प्यार से लाई है खा लेते हैं अब
और वह फटाफट खाने लगी
पर मुझसे वो पराँठा खाया नहीं जा रहा था
उस दिन से मुझे उल्टियों का रोग लग गया

इतने बेस्वाद आलूपराँठे मैंने उस दिन से पहले और उस दिन के बाद कभी नहीं खाए
उस दिन के बाद 'क' मेरी सहेली नहीं रही

मैं सालों से तुम्हें 'क' की कहानी सुनाना चाहती हूँ...
कि मैंने कैसे 'क' को खो दिया!
पर मैं तुम्हें नहीं खोना चाहती उस तरह जिस तरह मैंने 'क' को खो दिया
इस काठ की कटोरी में तुम अपना दंड डाल दो
मैं डाल रही हूँ अपना अपराधबोध
मुझे हमेशा तुम्हारे हाथ का आलूपराँठा खाना है, मुझे हमेशा चूमना है रसोई में आलूपराँठा सेंकता तुम्हारा गर्म हाथ।

चावल का हिसाब

ज़िन्दगी के सबसे स्वादिष्ट चावल जो उसने खाए, वो उसके यार की रसोई
में पके थे
कितनी बार उसके सामने दोहराई गई स्वादिष्ट चावल बनाने की संसार की
सबसे शानदार विधि

उन दोनों ने एक प्लेट में एक ही चम्मच से खाए भरपेट चावल
बातें की उन किसानों के बारे में जिन्होंने उन चावलों को बड़ी शिद्दत से
उगाया था अपने खेत में

उन दोनों ने अपनी-अपनी जीभ से चावल की प्लेट चाटते हुए कोसा उन
उदारवादी बहुराष्ट्रीय कम्पनियों को जिनकी साज़िशें चावलों का स्वाद बर्बाद
करने पर तुली थीं

चावलों के मोह से वह कभी नहीं निकल पाई

पर आज जब उसने अपनी रसोई में पके चावलों का हिसाब करने को कहा
तो जैसे उसके अन्दर बजने वाले हज़ारों सितारों के तार टूटकर बिखर गए

ऐसा लगा जैसे वह दूध से जल गई है
और अब मट्ठे को फूँक-फूँक कर पी रही है

ख़रीद, उधार, क़र्ज़, सूद...इन शब्दों के क्या मानी होते हैं, आज उसने जाना
आज उसने जो जाना उसके बाद चावल का स्वाद ग़ायब हो गया उसके मुँह से
उनकी जगह सिक्के खनकने लगे उसके मुँह में

अब जब उसका यार धान के नन्हे पौधे खेत में रोपेगा तो उसे याद नहीं करेगा
अब जब वो केले के पत्ते पर भात खाएगी तो अपने यार को भी याद नहीं करेगी

वो दोनों अलग-अलग जगहों पर किसानों और कम्पनियों पर हुई बहसों में शामिल होंगे

पर भूल चुके होंगे चावल उगाने-पकाने-खाने पर बजने वाला धीमा-धीमा संगीत

वे दोनों अब अगली बार मिलने पर स्वाद का आठवाँ सुर भूल चुके होंगे...

सपनों का यार

आज फिर सपने में मैंने अपने यार को देखा
मेरे सपने में वो मेरी मर्ज़ी के काम करता है
कभी वो शहर की सबसे साधारण दुकान पर मिलने वाले सबसे अच्छे-बुरे की विशेषता बताता है
तो कभी डाँट-डपटकर मेरे क़स्बे का प्लास्टिक रिसाइकिल करवा जाता है

वास्तव में यह काम वह कभी नहीं करता
पर उसका भाषण मेरे सपने पर नहीं चलता

मेरे सपने मेरी नापसन्दगी का बेहद ख़याल रखते हैं

सपने में मैंने उसे गोंद का पाक खिलाया
सपने में मैंने उसका हाथ देखा

सपने में मैंने उसे बहुत देर तक मन भर के देखा
हम सीढ़ियों पर टकराए थे
सपने की सीढ़ियाँ भी पता नहीं किसके घर की थीं

रोज़ सुबह उसकी आवाज़ मेरे कानों में घुलती है
कानों में कुछ बूँदें उड़ेलकर वापस चली जाती है

रोज़ रात समन्दर में तैरते हुए मैं उसकी प्रतीक्षा करती हूँ
मेरा यार आकाश की सैर पर निकल गया है!

अम्लीय वर्षा

पाँच काग़ज़ बिगाड़े तब मैंने आज एक रात की कविता लिखी
यह कविता पाँच साल के एक बच्चे के विषय में है
जिसके फेफड़े में घाव हो रहे हैं

मैंने जीवविज्ञान की कक्षा में फेफड़ों के बारे में पढ़ा है
सालाना होने वाली परीक्षा की उत्तर-पुस्तिका में फेफड़ों के बारे में लिखा है

इस बच्चे की माँ की आँखों में अक्सर बादल रहते हैं
बच्चे को भी बादल बहुत पसन्द हैं
जब भी बारिश आती है बच्चा आँगन में भीगता है
आज भी वह छप-छप करके खेल रहा है
माँ चौके में सीली लकड़ियों से रोटी कर रही है
वह भी धुँए में भीग रही है
वह आकाश गंगा बेलकर तवे पर सेंक रही है
बच्चे को देखकर उसके दाँत चमक रहे हैं
माँ और बच्चे दोनों को नहीं पता यह पानी की नहीं सल्फ़्यूरिक अम्ल की वर्षा है

बच्चे को नहीं पता वो मरने वाला है
माँ को नहीं पता बच्चा मरने वाला है

पर उनके घर के पास स्थित फ़ैक्ट्री से निकलने वाली सल्फ़र डाई ऑक्साइड
को पता है बच्चा मरने वाला है
फ़ैक्ट्री का रासायनिक धुआँ जल-वाष्प बनकर आकाश में पहुँचा और द्रव
बनकर बच्चे के फेफड़े में घुस गया

इस फ़ैक्ट्री में काग़ज़ बनते हैं
मेरी कविता का काग़ज़ शायद इसी फ़ैक्ट्री से आया हो
काग़ज़ सफ़ेद रंग का है, मेरी क़लम की स्याही लाल रंग की है
कविता लिखने के बाद काग़ज़ पर ख़ून फैल गया ऐसा लग रहा है

बच्चा आज सुबह अपनी माँ के साथ मेरे घर आया
उसने कहा : मेडम काग़ज़ लाल क्यों नहीं होता?
मैंने कहा : कैसा लाल?
उसने कहा : मेरी उल्टियों की तरह लाल...

उसकी माँ ने कहा :
वह कुछ नहीं कह पाई
उसकी आँखों से बादल बरसने लगे
उन बादलों का रंग भी लाल था
मैंने उन बारिश की बूँदों को छुआ
वो बूँदें एक साथ चीख़ीं : तुम सब एक जैसे हो!

लीद का व्यवसाय

सरकारी कॉलेज के मामूली अतिथि शिक्षक की रोज़नदारी छोड़ते हुए उसने कहा—अभी मैं गधों के बीच दौड़ रहा था। अब घोड़ों के बीच दौडूँगा...

मैंने कहा—देखो दोस्त, इस देश का सरकारी क्षेत्र गधा है और निजी क्षेत्र घोड़ा। दोनों में एक समानता है :
दोनों एक जैसी लीद करते हैं। तुम दौड़ते हुए यही लीद हगोगे।

वह हँसने लगा और थोड़ी देर बाद खिसियाकर बोला—तुम सब खच्चर हो। मैं घोड़ा हूँ घोड़ा!

एक व्यापारी किस्म का आदमी चुपचाप यह बहस सुन रहा था :
बोला—लीद बहुत महँगी बिकती है, तुम दोनों मेरे घर में हगना। मैं तुम्हें बदले में देश की अर्थव्यवस्था दूँगा।

कुत्ता प्लेनेट

आज पहली बार गली के एक कुत्ते को मैंने बहुत प्यार से देखा
उसने भी मुझे उतने ही प्यार से देखा
मेरा मन किया उसे सीने से लगा लूँ
जगजीत सिंह का वह गाना सुना दूँ, "जब प्यार करे कोई तो देखे केवल मन..."

फिर लगा कोई बीमारी लग गई तो?
आवारा कुत्ता है, न जाने कहाँ-कहाँ जाता हो? किस-किस के घर का जूठा-जाठा खाता हो?
न जाने कौन-कौन से जानवरों की हड्डियाँ चबाता हो?

फिर मन किया घर में पड़ी बासी रोटी ही खिला दूँ,
क्या पता कब का भूखा हो?
मैं रोटी लाकर उसे खिलाने लगी।

फिर मुझे ख़ुद पर शर्म आने लगी
इतनी शर्म कि चुल्लू-भर पानी में डूबकर मरने का मन हुआ
थोड़ी देर में मुझे अपने घर में रहने वाले मनुष्यों पर शर्म आने लगी
फिर और थोड़ी देर में मुझे संसार-भर के मनुष्यों पर शर्म आने लगी
ख़ुद को सभ्य कहकर आवारा कुत्तों के हिस्से का भोजन डकार गए।

तब तक कुत्ता रोटी खाकर चला गया।
रात में खिलने वाले एक सफ़ेद फूल की ख़ुशबू मेरे नथुनों में घुसने लगी...
चाँद नीचे गिरने लगा...

मैं वापस घर आ गई
मैंने कुत्ते के डर से दरवाज़ा अन्दर से लॉक कर दिया
और टीवी का रिमोट दबा दिया
जल्दबाज़ी में टीवी पर जो चैनल खुला—उसका नाम 'एनिमल प्लेनेट' था
पर मुझे एनीमल की जगह कुत्ता लिखा दिख रहा था!

आना

जिसको जाना होता है
वह चला ही जाता है
चाहे कितना भी रोको
उसने मुझे रोकना चाहा
पर मैं नहीं रुकी कभी भी
क्योंकि मुझे पहुँचना था उसी वक़्त कहीं और

प्रतीक्षा हमेशा एक जगह नहीं होती
बहुत जगह हो रही होती है एक ही वक़्त में प्रतीक्षा
व्यक्ति उनमें से एक ही जगह पहुँचता है
मैंने सोचा था
मैं रोक लूँगी
गड्ढे में धँसती अपनी आँखें
झुर्रियों से सनते अपने हाथ
दो दाँतों के बीच बढ़ते रिक्त स्थान को मैं पाट लूँगी
पर ऐसा नहीं हो पाया

वक़्त को क़ैद नहीं किया जा सकता
जैसे कुछ लोग कर लेते हैं स्त्रियों और बच्चों को क़ैद
वह आज़ाद है
उसने रुकना नहीं सीखा

जो लौटकर नहीं आया

वह सिर्फ़ वक़्त नहीं होता
कभी-कभी महबूब भी लौटकर नहीं आता

ज़रूरी नहीं जो लौटकर नहीं आया
वह काल के आग़ोश में समा गया हो
कभी-कभी एक ही मकान में रहने वाले दो व्यक्ति भी
सालों तक एक बिस्तर पर समागम करने के बाद
उस तरह एक दूसरे की आत्मा में लौटकर नहीं आते
जिस तरह वह कभी गए थे।
या जिसे सचमुच 'आना' कहा जाए।

जाना

दो लोग प्रेम में हैं या किसी क़ानूनी या सामाजिक रिश्ते में
और उनमें से एक जाना चाहे
तो क्या दूसरा उसे रोक सकता है?
कभी नहीं।
जैसे प्रेम मन से होता है और शरीर तक पहुँचता है
उसी तरह 'जाना' भी पहले मन से शुरू होता है
किसी का मन से जाना या शरीर से जाना
दोनों एक ही बात हैं।

हमने जितने हिस्से देखे हैं संसार के
सिर्फ़ उतना ही तो नहीं होता है संसार
उससे भी बढ़कर अनंत होता है
हमारी कल्पना भी नहीं पहुँच पाती वहाँ तक
वहाँ तक है उसका वजूद
महज़ एक झूठ है यह कहना संसार ऐसा है—संसार वैसा है

हम उन्हें अतीत में ले जाना चाहते हैं वापस
और वे जाना चाहते हैं भविष्य में
इसलिए जो जा रहा है उसे जाने दो
उसे रोको मत
उसे रोकने का अर्थ है पृथ्वी को एक छोटी गेंद में बदलना।

शालभंजिका

बबूल के पेड़ से लिपटी खड़ी थी वह
देह पर था मैले-फटे-पुराने वस्त्रों का अम्बार
चेहरे पर ऐसा भाव जो वीभत्स था
मगर उसके प्रिय को वो पेड़ शाल का दिखा
देह दिखी संगमरमर जैसी
चेहरे पर श्रृंगार का भाव
उसने उसकी देह को स्पर्श किया
और कहा : शालभंजिका!
शालभंजिका नाचने लगी
बबूल के काँटे उसके पैरों में चुभ गए
मगर वह फिर भी नाचती रही
समय बीतता रहा

अपने प्रिय के साथ वह क़िलों की यात्रा पर निकली...
एक राजा के क़िले में शालभंजिका अपने प्रिय के साथ कुछ दिन तक रही
सूखे में जन्मी शालभंजिका ने किया सुरापान
पानी के लिए तरसी शालभंजिका ने किया दूध से स्नान
पुष्पों से दूर रही शालभंजिका ने की सुंगधित तेल से मालिश
अकाल में जन्मी शालभंजिका ने ग्रहण किए छप्पनभोग

उसे लगा जैसे वह देवी है...
प्रिय ने कहा : देवी शालभंजिका!

अब कहाँ की यात्रा पर निकलें?
शालभंजिका ने कहा : चम्बल!

फिर वे दोनों चम्बल के बीहड़ों में भटकने लगे
भटकते-भटकते शालभंजिका की देह और अधिक सख़्त और खुरदरी हो गई
कई भाव उसके मुख से आने-जाने लगे
नृत्य की और कई मुद्राएँ उसके पैरों से निकलकर बीहड़ की रेतीली भूमि पर
सूखे कँटीले पत्तों की तरह सरसराने लगीं

चम्बल के घड़ियाल नदी से निकलकर शालभंजिका के लिए तड़पने लगे
प्रिय घड़ियालों के लिए भोजन खोजकर लाया
शालभंजिका ने अपने खुरदरे-सख़्त हाथों से
उन घड़ियालों को भरपेट भोजन खिलाया

प्रिय ने कहा : शालभंजिका मैं तुम्हें प्रेम करता हूँ
शालभंजिका ने कहा : मैं भी...

दोनों ने मिलकर निर्णय लिया अब वो हिमालय की यात्रा पर चलेंगे

चम्बल की भूमि पर वह उनकी अन्तिम रात थी
बंजर-रेतीली-ऊबड़-खाबड़ भूमि पर शालभंजिका प्रिय के साथ उस रात मैथुनरत थी

तभी वहाँ कँटीली झाड़ियों में छिपा क़िले का राजा दिखा
उसके कन्धे पर बहुत सारे तीर झूल रहे थे और चेहरे पर क्रूरता
उसने एक तीर निकाला और शालभंजिका की आँख पर चला दिया
शालभंजिका भूमि पर गिरकर तड़पने लगी
उसका प्रिय भागकर चम्बल से एक अँजुरी जल भर लाया
इससे पहले वह जल शालभंजिका के मुख में जाता
एक और तीर चल गया
इस बार प्रिय की जाँघ पर...

घड़ियाल शालभंजिका के लिए कुछ देर तक रोते रहे
घड़ियालों ने फिर आपस में बात की, कोई स्वार्थी निर्णय लिया और नदी में कूद गए

प्रिय ने पूरी शक्ति लगाकर पूछा : शालभंजिका अब कहाँ की यात्रा पर चलें?
शालभंजिका बोली : एकान्त की यात्रा पर...

ग़रीबों के डीएनए

हाइवे पर चलती गाड़ियाँ जैसे चलना झूठ है कहना चाहिए हाइवे पर दौड़ती गाड़ियाँ क्योंकि 'दौड़ना' वर्तमान समय का बेरहम सच है
ट्रक, बस, कार, बाइक, स्कूटर, टेम्पो...आदि-आदि

सबको जल्दी है मसलन ड्राइवर को जल्दी है कंडेक्टर को जल्दी है सवारियों को जल्दी है मालिकों को जल्दी है सब पहुँचना चाहते हैं जल्द से जल्द अपने गंतव्य तक
सबके काम हैं बेहद ज़रूरी सबके कन्धों पर टिका है देश का जनतंत्र ओकता हुआ
इसलिए सब के मन हाइवे पर दौड़ रहे हैं गाड़ियों की भाँति

ये लो सड़क पर गाय ट्रक से टकरा गई और मर गई ये लो कुत्ता बस के सामने आया और पिस गया
ये लो बकरी आई और कट गई ये लो...
इस तरह हाइवे पर लाशें चिपक गईं इतनी चिपक गईं कि उन्हें पहचानना हो गया नामुमकिन
या यों कह लें लाशें हाइवे ही बन गईं और लोग हैं कि निरंतर उन पर दौड़ रहे हैं

एक आदमी जो दरअसल एक जीववैज्ञानिक भी है
हाइवे पर छाई चिपचिपी धूल को अपने हाथ पर लेता है लैब में जाकर करता है डीएनए परीक्षण
परिणाम आता है सामने—

जो दूसरे दिन अख़बार में छपता है टीवी पर चलता है सोशल मीडिया पर सरकता है
'हाइवे पर इनसान के डीएनए मिले' कितने?

जितनी गाड़ियाँ थीं उतने या जनतंत्र में जितने ग़रीब हैं उतने
बताना असम्भव है
जिस आदमी ने यह शोध किया था वह अमेरिका में रहता है
फ़िलहाल अमेरिका इन डीएनए से 'क्लोन' बनाने की तैयारी कर रहा है।

चालाक ईश्वर की एक और पोल खुल चुकी थी

मैं एक सिगरेट सुलगाती हूँ
वह झट से टोकता है— तुम्हारे इस सिगरेट फूँकने से
यह व्यवस्था बदलने वाली नहीं है
मैं चिढ़कर जवाब देती हूँ—
मुझे पता है, कुछ नहीं बदलनेवाला, हम पहले भी बरगलाते थे और अब भी...

अच्छा ये बताओ तुम इतनी उदास क्यूँ हो?
बहुत दिनों से तुम हँसी नहीं
बहुत दिनों से तुमने हरे वाला सलवार-सूट नहीं पहना
आँखों में मोटा-मोटा काजल नहीं लगाया
कानों में चाँदी के झुमके, जो तुम जोधपुर से लाई थीं
बहुत दिनों से तुमने नहीं पहने
कितनी अच्छी लगती थीं जब तुम हँसती थीं गोयाकि पूरी कायनात हँस रही हो।

सिगरेट पीते हुए अच्छी नहीं लगती क्या?
नशा सिर्फ़ बदसूरत बनाता है, तन-मन दोनों को
तुम्हारे होंठ पहले कितने गुलाबी थे अब कितने जले हुए हैं
पहले तुम्हें चूमता था तो तुम्हारी ख़ुश्बू दौड़ती थी साँसों में
अब सिगरेट की महक दौड़ती है।

जैसे वह कविता की शुरुआत में टोक रहा था झट से वह मेरे होंठों को चूम लेता है कैसा लगा....?
उतना ही अच्छा जैसा पहले लगता था जब होंठ गुलाबी थे कितनी अजीब बात है न
रंग बदलने से एहसास नहीं बदलते

मैं हँसते हुए कहती हूँ—वह भी हँस पड़ता है।
मैं फिर सिगरेट सुलगाती हूँ

एक उसे दे देती हूँ दूसरी ख़ुद पीने लगती हूँ वह मेरी गड्ढेदार आँखों में झाँकते हुए कहता है—
मुझमें और तुममें यही फ़र्क़ है मैं मज़े के लिए पीता हूँ
और तुम तकलीफ़ में पीती हो (सिगरेट की तरफ़ देखते हुए) तुम्हें इसकी आदत है और मुझे किसी की आदत नहीं। हा, हा, हा....

नहीं! तुम्हें आदत है।
बताओ तो किसकी?
इस सड़ी व्यवस्था में जीने की।
जी तो तुम भी रही हो जानेमन
हाँ! मैं जी रही हूँ पर एक कीड़े की तरह
तुम जी रहे हो
चालाक ईश्वर की तरह जो लगातार अपने सही होने की वकालत करता रहता है
वह चुप हो जाता है

इस बार मैं तीन सिगरेट सुलगाती हूँ एक उसे देती हूँ एक ख़ुद पीती हूँ और एक फेंक देती हूँ आग में बदलने के लिए ताकि उस आग में यह व्यवस्था जिसमें कीड़े और चालाक ईश्वर बसते हैं, जलकर राख हो जाए
कुछ देर बार वह झट से
अपने जूते से उग आई आग को कुचल देता है
साथ ही कुचल जाती है मेरी जादुई योजना भी...
मैं ग़ुस्से से उठ खड़ी होती हूँ

वह मेरा हाथ पकड़ता है फिर बेतहाशा चुम्बन मेरे शरीर पर जड़ने लगता है पुच्च! पुच्च!! पुच्च!!!
कुछ ही सेकेंडों में एक ऊर्जा दूसरी ऊर्जा में बदल जाती है
मुझे एकाएक आइंस्टाइन याद आते हैं और उनके महत्त्वपूर्ण सिद्धान्त भी
अब तक सिगरेट का पैकट भी ख़ाली हो चुका था
और चालाक ईश्वर की एक और आदत की पोल खुल चुकी थी।

कपड़े : नौ कविताएँ

1

मुहब्बत मुझे है नमक और गुड़ दोनों के स्वाद से
पर मेरी लार-ग्रन्थियाँ अधिक सक्रिय तब हुईं
जब मैंने स्कूल जाते हुए देखे दुकानों पर सजे
रंग-बिरंगे कपड़े

एक रोज़ मेरा मन सलमा-सितारों से सजी एक सुन्दर पोशाक पर अटक गया
बाज़ार के बीचों-बीच खड़े एक बुत पर महीने-भर
अटका पड़ा रहा मेरा मन।

2

बचपन में मेरे पास थी एक मैरून रंग की झालर वाली फ्रॉक
जिसके गोल गले के नीचे एक चमकीला बटन था
उस बटन में था एक नन्हा-सा शीशा, जिसमें अमीरों के मुँह दिख जाते थे
मेरे भीतर आज भी शर्मिन्दगी बनकर ज़िन्दा है
बहुत मारा उसे मगर वह फ्रॉक है कि मरती ही नहीं

3

याद आ रहा है वह गुलाबी स्कर्ट-टॉप, जिसे पाने की ख़्वाहिश के चलते
शहर की सबसे विख्यात दुकान में माँ ने गाल पर थप्पड़ मारा
आज एक पुराने टेबल पोश के छोटे-छोटे फुलनों में बदलकर
जैसे सैकड़ों अभिभावकों की बेबसी, खीझ और तंगी का हाल कहती है।

4

दरअसल मुझे महँगे कपड़े पहनने का शौक़ था
इस बात को ऐसे भी कह सकती हूँ
मुझे अच्छे कपड़े पहनने का शौक़ था
और सभी प्रकार के अच्छे कपड़े इस पृथ्वी पर
हमेशा महँगे ही मिलते हैं
पर माफ़ करना मैं यहाँ एक बात बिलकुल स्पष्ट कर दूँ
मेरे कपड़ों के दाम प्रधानमंत्री के कपड़ों से बहुत ही कम हैं
इतने कम कि उनकी तुलना भी सम्भव नहीं

ये अन्तर पेरिस शहर और अर्जुनपुरा गाँव-सा है।

5

हर साल दीपावली की अमावस वाली रात तन पर वही पुरानी सिंथेटिक साड़ी
लपेटते हुए मैं सोचती थी काश मैं पहन सकूँ
रेशम की कढ़ाई वाला बनारसी दुपट्टा
आज वह बनारसी दुपट्टा अलमारी के एक अँधेरे कोने में पड़ा एक दीपक
खोज रहा है
उसमें से एक अजीब-सी बदबू आती है
मैंने जब-जब उसे खोलकर देखा तो पाया हज़ारों रेशमी कीड़ों की लाशें
उसके भीतर बन्द हैं
वे कीड़े धीरे-धीरे मेरी नींद खा रहे हैं।

6

बैशाख-जेठ की चटक धूप में लखनऊ का चिकनकारी कुर्ता पहनकर काम
पर जाते हुए
मुझे याद आती हैं, घरों में बन्द वे अजनबी हुनरबाज़ औरतें
जिन्हें अपने काम के मुताबिक़ अपना वेतन कभी नहीं मिला
न जाने वे क्या-क्या बकती रहती हैं वे मेरे कुर्ते में छिपकर
शायद गालियाँ बकती हैं।

7

जाड़ों के घने कोहरे में उत्तर भारत के सबसे पसन्दीदा कश्मीरी स्वेटर,
कश्मीरी टोपें और महँगी पश्मीना शॉल
मेरे एक फ़ौजी रिश्तेदार कश्मीरी कपड़े की बड़ाई करते नहीं थकते
जाड़ों में अब की बार जब बक्सा खोला, कपड़ों को धूप दी तो, तो एक
कश्मीरी सलवार-कुर्ता देखकर वे कश्मीरी दुकानदार याद आ गए
पिछले साल जिनकी दुकानें मेले में जलाने गए थे कुछ हुड़दंगी सफ़ेदपोश
लोग
और उन दुकानदारों में से एक ने कहा था मुझसे- 'अब यहाँ नहीं आएँगे
बहन जी'।

8

मुझे महँगे कपड़े पहनने का बहुत शौक़ है
कभी-कभार मैं अपना ये शौक़ पूरा कर ही लेती हूँ
मेरे पास कितने कपड़े होने चाहिए इस पर बहुत बात हुई है
कपड़े धरती पर बोझ हैं इस पर भी बहुत बात हुई है
पर मुझे तनख़्वाह कितनी मिलनी चाहिए इस पर सब चुप हैं
कोई मानता नहीं अगर मैं कहूँ, 'मुझे बहुत थोड़े-से पैसे मिलते हैं'
कपड़ों, पैसों और मौतों के आँकड़ों पर बहुत कम बात हुई है।

9

मेरे देश के राजा को ज़रूर पता होगा
कि उसकी प्रजा में कितने लोग महँगे कपड़े ख़रीदने की हैसियत रखते हैं
पर उसे ये पता नहीं होगा
कि उसकी प्रजा में कितने लोग ऐसे हैं
जो उतरन पहनते हैं
और कितने ऐसे हैं जो नंगे घूम रहे हैं

उसे नहीं मालूम

ऐसे लोग बारिश में भीग कर मर जाते हैं
ऐसे लोग गर्मी में लू से मर जाते हैं
ऐसे लोग सर्दी में ठंड से मर जाते हैं

ऐसे लोगों की मौतें उनसे बहुत ज़्यादा भयानक होती हैं
जो अच्छे कपड़ों के लिए तरस कर मर जाते हैं

सबसे सरल मौत तो राजा के सम्बन्धियों को आती है
वे अक्सर कपड़ों में दबकर मर जाते हैं

फिर वे कपड़े चाहे खादी के हों या पॉलिएस्टर के...

घर : तीन कविताएँ

1

घर के सौन्दर्य को वही जान पाता है
जो रात में फुटपाथ पर सोया है
जो दिन-भर रोटी के लिए भटका है
जो महीना जेल में गुज़ारने के बाद उदास होकर लौटा है
जो सालों-साल के पसीने से एक झोपड़ी बनाता है
जो ईंट, गिट्टी, रेत और सीमेंट के ख़्वाब देखता है
घर के सौन्दर्य को बस वही जान पाता है

जिसने पिंजरे में रहकर दुनिया से साक्षात्कार किया वह नहीं जान सकता घर को
जिसने नरम बिस्तर पर लेटकर त्याग और बलिदान की बातें की हों वह नहीं जान सकता घर को।

2

घर को शिद्दत से महसूस करने के लिए हमेशा घर से बाहर निकलना पड़ता है

घर का स्वाद जीभ को याद करवाने के लिए
हमेशा घर से बाहर निकलना पड़ता है

घर की सुगन्ध देह में उतारने के लिए
हमेशा घर से बाहर निकलना पड़ता है।

3

घर उन्हें हमेशा कारागार की तरह लगा
बहुत सकारात्मक सोचा तो कारख़ाने की तरह लगने लगा
घर की बदसूरती उनके भीतर इस क़दर बस गई
जब कभी घर से बाहर निकलीं तो लगा गोया ज़िस्म से पंख जुड़ गए हों
वे लिखतीं, बोलतीं, चलतीं तो लगता हवा से बातें कर रही हैं

क्या-क्या नहीं नापा उन्होंने अपने शहर में
कि उनके शहर के लोग डायरियों, पत्रों और ख़यालों में आकर उनसे गुफ़्तगू
करने लगे गोया सदियों से जान-पहचान हो
वे चमक-चौदस के साथ आते
बारिश और नमक लेकर जाते
छोड़ जाते उनके हिस्से हरसिंगार की महक

रात घिर आती
गाड़ियाँ ठहर जातीं
सड़कें सुस्ताने लगतीं
तब उन्हें लौटना पड़ता घर बेमन से

जूठे बर्तन सिंक में पड़े मिलते
चींटियाँ मिलतीं फर्श पर
दालों के डिब्बे में दौड़ देते मिलते कीड़े
खिड़कियों पर धूल जमी मिलती
कपड़े मिलते बाल्टी, कुर्सी, बिस्तर पर डूबे-बैठे-पसरे

घर से जाना
घर को लौटना
दो क्रियाएँ थीं जिनमें फ़र्क़ था ज़िन्दगी और मौत-सा
मौत उन्हें बताती थी ज़िन्दगी से मोहब्बत कितनी की जाए
ज़िन्दगी बताती थी अभी मरना भी है।

गाँव : दस कविताएँ

1

जब गाँव में थे—
शहर पहुँच जाने के ख़्वाब थे
मिट्टी की सौंधी महक
गोबर की बुसबुसाहट
भूसे का ढेर
चिड़ियों की चहचहाहट
सब बक थे

सुबह पाठशाला जाना
शाम को बकरी चराना
चूल्हे के लिए खोजना लकड़ी
नए कपड़े ख़रीदने के लिए बीनना सिला
जब गाँव में थे

बिरजू चरवाहे का घूर-घूर कर देखना
भगवान सिंह सरपंच का पीकर दहाड़ना
बात-बात पर टोले-भर की बन्दूक़ों का मचलना
गाँव भयानक लगता था उन दिनों
जब गाँव में थे

शहर के चमकीले दृश्य दूरदर्शन के माध्यम से घुस चुके थे गाँव में
हर गाँववासी बनना चाहता था 'बड़ा आदमी'
और बड़ा आदमी बनने के इस लक्ष्य में गाँव एक बाधा की तरह आता

गाँव में न ढंग का विद्यालय था
गाँव में न अस्पताल था
गाँव में न भाषा थी
गाँव में न सभ्यता थी
न शहरों-सी थी तेज़ी
गाँव धीमा था
और ढीला भी

सपनों से तर
शहर स्वर्ग था
और गाँव नर्क
जब गाँव में थे

तो सिद्धांतों की जगह
शहर पहुँचने की योजनाएँ थी मस्तिष्क में
धीरे-धीरे ये योजनाएँ सफल हुईं
गाँव रीतता गया शहर भरता गया

गाँव के गाँव
समा गए जब शहर में
तब भारत नाम का देश 'न्यू इंडिया' बन गया।

2

गाँव के त्यौहार—
बरबस ही आ जाता है मुँह में पानी
क्या मज़े थे होली-दीवाली के
हर तरफ़ रौनक ही रौनक
दाल के पापड़, मावे की गुजिया, बेसन की बर्फ़ी
सब घर का शुद्ध! सौ प्रतिशत देशी!!
चूल्हे की रोटी
सिल-बट्टे पर पिसे मसाले की सब्ज़ी

आज तक जीभ से गया नहीं गाँव का स्वाद
उस स्वाद में भूल गए थे हम
अपनी माँ, चाचियों और भाभियों की
दुखती पीठ, थकते हाथ, ऊबते दिमाग़, रंगहीन होते मन
चूल्हा फूँकते-फूँकते धुँए से भरी उनकी गड्ढेदार आँखें
मसाला पीसते-पीसते मिर्ची से रँगे उनके हाथ
और जब ये लाल हाथ इधर-उधर लगते तो किलबिलाती उनकी देहें

तिस पर हम आराम से कह जाते—
"आज सब्ज़ी ठीक नहीं बनी"
"आज रोटी कड़क ज़्यादा है"
"इस बार पापड़ में मिर्च तेज़ है"
"गुजिया की परत ज़रा मोटी हो गई है"
"बेसन ठीक से पीसा नहीं गया"

3

अब जब भी जाते हैं घूमने गाँव
सनीचर की हाट ज़रूर पहुँच जाते हैं हमारे पाँव
हरेक दुकानदार के चारों तरफ़ बिछे
देहाती सामान को हम बड़े ग़ौर से देखते हैं
अपने नवीन दृष्टिकोण से

अवलोकन करते हैं गाँव की संस्कृति का
'कुछ ख़रीद लो भइया' वाक्य पर दयावश ख़रीद लेते हैं कुछ यूँही
या 'हमारे मतलब का नहीं' कह के
चल निकलते हैं वहाँ से

जो हम छोड़ चुके होते हैं शहर में सालों पहले आउटडेटेड कहके
गाँव उसे पूरी नवीनता के साथ धारण कर रहा होता है
हम उनकी इस नक़ल पर हँस रहे होते हैं तब

जब मॉल की तरफ़ दौड़ रहे होते हैं हमारे यही पाँव
हम ख़ुद तो अनुभूति चाहते हैं गाँव-सी
रूप पूरा शहरी
और उनमें ढूँढ़ते हैं रूप पूरा ग्रामीण और अनुभूति पूरी शहरों-सी...

4

जम्मुन शेख़ को गाँव डराता है
कब?
कौन? कितने बजे?
काट दे उसे
मन्दिर के हवन कुंड में
पूर्ण आहुति की तर्ज पर
स्वाहा कहते हुए

हरिया हरिकुलष को
गाँव डराता है कब पड़ जाए सूखा किस बखत गिर जाए ओला गोबर की
एक चोथ-सा क़र्ज़
कब लेले घूरे का रूप
जिस पर बैठ
चुनना पड़े उसे
आत्महत्या का एकमात्र विकल्प

कालू बिल्ले को
गाँव डराता है कब भड़क जाएँ पुरोहित-कुँअरों के सुलगते जज़्बात
चढ़ा दिया जाए उसे
मनु की थान पर
ज़िन्दा जलाकर

रानो कटकटी को
गाँव डराता है कब? कौन घड़ी?
पकड़ ली जाए

वह चुल्लू घाट पर नहाती फिर छातियाँ काटकर
ले जाए हुकमसिंह
हवेली सजाने के लिए

रामसिंह को नहीं डराता है गाँव
उसकी आँख की फड़कन से ही गाँव की हवा बदल जाती है
वह जिस तरफ़ चाहे जितने बजे चाहे ढील सकता है गाँव को
मुर्दाघर बनने की दिशा में

5

गाँव के खेत
गाँव के कुएँ
गाँव के पेड़
गाँव के झूले
गाँव की नहर
गाँव का पहाड़
गाँव की रोटी
गाँव का साग
गाँव का प्यार

याद आने के साथ
याद आता है
गाँव का
पानी माँगने
के बाद
कौन जात?
कौन ठाकुर हो?
'पूछना'
नहान के डिब्बे में
बर्तनों का नहान भर लाना
राम-राम जपते हुए

चुल्लू से
'पिलाना'
गंगाजल और मंत्रोच्चारण के साथ
उस स्थान को
'धोना'
जिस पर 'अतिथि देवो भव' खड़ा था

गाँव का यह 'पूछना'
गाँव का यह 'पिलाना'
गाँव का यह 'धोना'
नहीं बन पाता 'भूलना'
तब भी
जब शहर में चल रही हो जानलेवा हवा और हत्या की आशंका प्रबल हो।

6

उस बार
चुनाव के दिन
रामदुलारी सरपंच के पति ने गाड़ी भिजवाई
तो गाँव गए
देखा,
आधा गाँव दहाड़ मारे रो रहा है—

घूँघट को ओढ़ते-ओढ़ते
आज्ञाओं को ढोते-ढोते
तानों को झेलते-झेलते
सफ़ेद पन्नों में बदल गईं हमारी अंकसूचियाँ
कैसे भी करके हमें शहर पहुँचा दो?
किराए पर एक कमरा दिला दो (कैसा भी?) एक नौकरी (कैसी भी?)
हमें भी शहर की हवा चखनी है

जब कहा—गाँव की हवा शुद्ध है
तो जवाब था आधे गाँव का—गाँव की शुद्ध हवा में विशेषकर हमारे लिए
वर्षों से धुँआ मिला रखा है
और यह धुँआ अब बढ़ता ही जा रहा है
बढ़ता ही जा रहा है...

7

शहर में नौकरी न मिलने, छूटने आदि कारणों से जब लौटते हैं हम
गाँव की तरफ़ बेबस तो कँपकँपा जाते हैं चलते हुए हमारे पाँव

खेत अच्छे लगते हैं उनमें खड़ी हुई
फ़सल भी अच्छी लगती है
किसानों की आत्महत्या पर लिखे हैं हमने ख़ूब लेख
हमें किसानों से हमदर्दी है
पर किसान होना, बीज बोना, फ़सल काटना
बोझा ढोना, कुटी कतरना, गोबर बटोरना
ये तो हमारा सपना नहीं

दुनिया-भर की किताबें पढ़ने
सिद्धांत रटने के पीछे
क्या किसानी मंशा थी?

'शोषितों से हमदर्दी बनाए रखना'
यही तो हमारा पेशा है
क्या करें इस पेशे को जिलाए रखने के लिए?

अचानक हमारी आँखों के सामने
हमारे खेत घूम जाते हैं भविष्य में जिनके बदले
ख़रीद चुके हैं हम एक कमरे का फ़्लैट
जिसमें बैठ

जुट चुके हैं हम
हमदर्दी का पेशा जमाने में।

8

अब जब शहर में थोड़ा लिख-पढ़ के
करते हैं वकालत गाँव की
और जब कोई कहे, चलोगे गाँव फिर से बसने
तो निकलता है मुँह से ना!
घूमना तो ठीक है पर बसना
ना बाबा ना!

गाँव में है क्या?
न शिक्षा, न भाषा, न रोज़गार, न आधुनिकता, न समानता, न स्वतंत्रता
जाति, धर्म और कुटिल राजनीति के भंडारगृह हैं गाँव
नदी-नहर-पेड़-फूल-बेल-खेत
...से कब तक बतियाएगा आदमी
उसके बाद आदमी को चाहिए अपनी तरह का आदमी
और गाँव इस मामले में अभी बहुत पीछे है बाबू!

9

धीरे-से बुदबुदाता है दिमाग़
कान में
चलो शहर की तरफ़ अपने बन्द कमरों में आज़ादी खोजने
बराबरी का एहसास करने
अभी तो वहाँ ऑक्सीजन है
अभी तो श्वास लेना मुश्किल नहीं
बाद में जब आन पड़ेगी जान पर
तब रह लेंगे गाँव में
कौन-सा भागे जा रहे हैं गाँव?
अब भी गाँव हैं तब भी गाँव ही रहेंगे।

10

जब मकान, दुकान, बाज़ार अर्थहीन हो जाएँगे
जब हीरे से भी नहीं ख़रीदी जा सकेगी
पेट भरने लायक रोटी
साँस लेने लायक हवा

जब महँगे कपड़े हो जाएँगे धरती पर कूड़ा
जब 'ख़ुदा' हो जाएगा ख़ाक जब 'ख़ुदाओं के घर' हो जाएँगे खंडहर
जब 'मसीहा' और 'देवता' करेंगे पानी के लिए युद्ध
जब विकास बन जाएगा विनाश
जब सभ्यता बन जाएगी संकट

जब पेड़ की सख़्त ज़रूरत महसूस होगी
जब एक-एक पत्ता
जब एक-एक प्राणी
लगेगा ज़रूरी
जीवन के लिए

तब लौट आएँगे गाँव
जब शहर सस्ते हो जाएँगे गाँव महँगे
तब लौट आएँगे गाँव
पर तब कहीं गाँव हमें अस्वीकार न कर दे।